Rainer Brandenburg

Oppen & Ehrlich

Rainer Brandenburg

Oppen & Ehrlich

Roman

Herbig

Umschlagmotiv: Uwe Friedrichsen und Andreas Schmidt-Schaller
in der ARD-Fernsehserie »Oppen & Ehrlich«

Die Fernsehserie OPPEN & EHRLICH wurde von
Bavaria Film im Auftrag des WDR produziert.
Der gleichnamige Roman, der von Rolf A. Becker
verfaßt wurde, entstand nach Drehbüchern von
Michael Hild, Feix Huby und Ulrich Limmer.
Eine BavariaSonor-Kooperation.

1. Auflage März 1992
2. Auflage April 1992

Umschlaggestaltung: Christel Aumann, München,
unter Verwendung eines Fotos der Kövesdi Presseagentur
Lektorat: Literatur-Agentur Axel Poldner, München
Satz: Filmsatz Schröter GmbH, München
Gesetzt aus 11/13 Punkt Lino-Walbaum auf Linotronic 300
Druck und Binden: Wiener Verlag, Himberg
Printed in Austria
ISBN: 3-7766-1725-X

Inhalt

I

Mit Haken und Ösen

Reichenberg ist ein hübsches Städtchen, 25000 Einwohner, idyllisch am Fuße des Rothaargebirges liegend, ein wenig verträumt, und wer als Fremder nach Reichenberg kommt, fühlt sich unwillkürlich in die ›gute, alte Zeit‹ versetzt. Eine spätromanische Pfarrkirche erinnert daran, daß das Städtchen schon einige Jahrhunderte auf dem Buckel hat, das entzückend stattliche Rathaus zeigt, mit welcher Würde die Bürger einstmals ihre Stadtoberen auszustatten liebten. Und der erst kürzlich renovierte Brunnen, der auf dem Marktplatz seiner Einweihung harrt, deutet an, daß man in Reichenberg auch heute noch bemüht ist, das Stadtbild zu verschönern.

Der Fußballplatz allerdings läßt noch ein bißchen zu wünschen übrig. Die Tribüne könnte etwas komfortabler ausgestattet sein, die Tore wirken wacklig, und der Rasen sieht holprig aus.

Das hindert jedoch die zweiundzwanzig Recken, die hier um Ehre und Punkte streiten, keineswegs,

mit verblüffendem Einsatzwillen hinter dem Ball herzuhetzen. Durch unbändigen Kampfesmut zeichnet sich vor allem die Reichenberger Mannschaft aus, wissen doch die jungen Balltreter, daß nicht nur die Stadträte auf der Tribüne sitzen, allen voran Bürgermeister Oppen, sondern auch der Sponsor des Vereins, Fabrikbesitzer Ehrlich. Er hat ihnen neue Trikots versprochen, sollten sie dieses Spiel gewinnen.
Das Spiel ist spannend, die Stimmung gut, die Zuschauer, rings um das Feld und auf der Tribüne, fiebern mit ihrem Team. Am aufgeregtesten ist zweifellos Siggi Stuckwitz, ein blendend aussehender junger Mann. Er arbeitet als Grafiker in der Kleiderfabrik Ehrlich und nebenher als ehrenamtlicher Trainer der Reichenberger Fußballmannschaft.
Wie ein Rumpelstilz springt Siggi am Spielfeldrand herum. »Abgeben!« schreit er dem Libero zu. »Abgeben! Rechts ist frei!« Seine ausgestreckte Rechte deutet fuchtelnd auf den Mittelstürmer, der in Rechtsaußenposition auf das Zuspiel wartet.
Die Flanke kommt, der Mittelstürmer stoppt den Ball, treibt ihn nach vorne, umspielt geschickt zwei Gegenspieler, kämpft sich zum Strafraum vor – Schuß!
Abgewehrt!
Die Zuschauer, die erregt aufgesprungen sind, sinken auf ihre Plätze zurück, wobei ein Raunen

zu hören ist, vermischt mit Zurufen und saftigen Flüchen.
Geknickt wendet Siggi Stuckwitz dem Spielfeld seinen Rücken zu. Dabei fängt er den Blick eines jungen Mädchens auf, das in einer vorderen Bankreihe sitzt – einen liebevollen Blick, tröstend und ermutigend zugleich. Dankbar lächelt Siggi zurück. Er liebt dieses Mädchen. Klara heißt sie, und sie ist wohl die einzige im ganzen Rund, die nicht des Spiels wegen auf den Fußballplatz gekommen ist, sondern allein seinetwegen.
Beide bemerken allerdings nicht, daß ihr Blickwechsel von der Ehrentribüne her recht argwöhnisch betrachtet wird. Heinrich Oppen, ein stattlicher Mittfünfziger, beobachtet sie mit zusammengekniffenen Lippen. Er ist nicht nur Bürgermeister von Reichenberg, sondern auch Klaras Vater, und in seine anspruchsvollen väterlichen Pläne paßt der junge Stuckwitz überhaupt nicht hinein.
Erneuter Angriff der Reichenberger. Vorgabe aus dem Mittelfeld, der Linksaußen schnappt sich das Leder, umdribbelt zwei gegnerische Verteidiger, legt sich den Ball vor und knallt ihn aufs Tor.
Das Publikum hält den Atem an – der Torwart streckt sich ...
Doch beides erweist sich als vergebliche Liebesmüh', der Ball geht daneben.
»Flasche!« ärgert sich Oppen.

Der Mann neben ihm, Fabrikbesitzer Ehrlich, gibt fachkundig zurück: »Viel hat da nicht gefehlt.«
»Knapp daneben ist auch vorbei.«
»Der Mann hat Pfeffer im Schuß, aus dem wird was!« Otwin Ehrlich liebt es, anderer Meinung zu sein als der Bürgermeister – und das schon von Kindesbeinen an. Die beiden sind nämlich Brüder – oder genauer: Halbbrüder.
Das Spiel läuft weiter. Wieder kommen die Reichenberger in Ballbesitz. Über zwei Stationen trudelt das Leder zum Mittelstürmer, der tankt sich durch bis zum gegnerischen Strafraum, bringt sich in Schußposition – und kommt zu Fall.
»Elfmeter!« schreit Ehrlich.
»Elfmeter!« schreit Oppen.
»Elfmeter!« schreit Stuckwitz.
»Foul!« – »Strafstoß!« brüllt die ganze Tribüne, aber der Schiedsrichter läßt sich nicht beirren. Er entscheidet auf Abstoß.
»Der hat sie doch nicht alle!« schimpft Oppen. »Na, warte, in der Halbzeit knöpf' ich mir den vor!«
Ehrlich schaut ihn von der Seite an. Lauernd ist der Blick und taxierend. Ehrlich hat einen großen Plan, und er weiß, daß er Oppens Zustimmung braucht. Er weiß aber auch, daß Oppen weiß, daß er es weiß. Irgendwie muß er ihn sturmreif schießen. Aber wie? Er kennt seinen Bruder gut genug, den ärgert nichts so sehr wie eine plötzliche Attacke aus dem Hinterhalt.

»Was höre ich denn da«, sagt er wie von ungefähr, »der Stadtdirektor will nicht mehr?«
Sofort ist der Schiedsrichter vergessen. »So? Hörst du das?« fragt Oppen vorsichtig zurück.
»Ja, höre ich.«
»Und von wem hörst du so was?«
Ehrlich grinst breit. »Genügt doch, daß ich's weiß, oder?« Und sofort setzt er mit einem kleinen Flankenangriff nach: »Seit wann geht denn deine Tochter zum Fußball?«
Getroffen! Irritiert schaut Oppen ihn an. »Lenk jetzt nicht ab!« knurrt er. »Woher weißt du das mit Stadtdirektor Willat? Hast du schon 'ne Abhöranlage im Rathaus?«
Aha, denkt Ehrlich, es stimmt also. Er antwortet ausweichend. »Das wäre nicht schlecht, was? Wo ihr eure Entscheidungen ja hauptsächlich unter dem Gesichtspunkt trefft, wie ihr mir schaden könnt.«
»Sag mal, du hast doch den Verfolgungswahn!«
Und jetzt kabbeln sie sich mal wieder, die beiden Brüder. Das Fußballspiel interessiert sie auf einmal überhaupt nicht mehr. Ehrlich wirft Oppen vor, daß der ihm im Stadtrat andauernd Knüppel in den Weg lege und obendrein den Betriebsrat gegen ihn aufhetze. Oppen kontert mit dem Vorwurf, daß sein Bruder die Opposition im Rathaus organisiere und skrupellos die Stadtangestellten aushorche. So geht das eine Weile hin und her, sie katzbalgen sich halblaut, aber grimmig. Gewohn-

heitsgemäß eskaliert der Streit bis zu der Drohung, man werde sich vor Gericht wiedersehen. Erst durch den Halbzeitpfiff wird auch das brüderliche Geplänkel vorläufig beendet.

Bürgermeister Oppen atmet erleichtert auf. Jetzt kann er seine schlechte Laune ungezügelt an dem Schiedsrichter auslassen. Er hastet hinunter aufs Spielfeld, bemerkt mit neu aufkommender Verärgerung, wie sich Tochter Klara und Siggi Stuckwitz händchenhaltend irgendwelche Versprechungen zuflüstern, und knöpft sich mit verdoppeltem Zorn den Schiedsrichter vor. »He, Sie! Wie heißt eigentlich Ihr Hund?«

»Mein Hund? Wieso? Ich hab' gar keinen Hund.«

»Aha.« Oppen grinst seinen Bruder an, der ihm auf dem Fuß gefolgt ist. »Ist das nicht schlimm? Der arme Mann ist blind und hat nicht mal 'nen Hund!« Dann aber brüllt er dem Schiedsrichter unvermittelt seinen Ärger ins Ohr: »Sind Sie bestochen, oder was? Warum geben Sie den fälligen Elfmeter nicht? Wenn Sie die Regeln nicht kennen, pfeifen Sie doch bei Halma oder Skat, aber nicht auf dem Fußballplatz!«

Der arme Mann sieht sich tief in seiner Schiedsrichterehre getroffen. »Das lasse ich mir nicht gefallen! Ich werde Sie anzeigen! Anzeigen werde ich Sie! Wegen Beleidigung!« Und zu Ehrlich, der schmunzelnd dabeisteht, sagt er: »Sie sind mein Zeuge!«

Ja, ja, so kann man sich in Otwin Ehrlich täuschen.

»Ich?« Selten hat man eine erstauntere Miene gesehen. »Aber ich bitte Sie, mein lieber Mann, der Herr Bürgermeister hat lediglich seinem Befremden darüber Ausdruck verliehen, daß Sie einen offensichtlich fälligen Foulelfmeter nicht gepfiffen haben. Auch ein Unparteiischer muß sich dann und wann ein wenig Kritik gefallen lassen.«
»Kritik nennen Sie das?« faucht der Schiri. »Das waren... das waren...« Er sucht nach dem passenden Wort und findet es auch: »Verbalien waren das, Verbalinjurien! Und die Behauptung, ich sei bestochen...«
Ehrlich lächelt freundlich. »Davon hab' ich nichts gehört, tut mir leid.«
Einmütig gehen die Brüder zum Kiosk hinter der Tribüne, wo sie ihren alten Streit wieder aufnehmen, diesmal allerdings gedämpft durch den Genuß einer Bratwurst und eines im Pappbecher ausgeschenkten Bieres.
Seit Jahren verbindet die beiden nicht nur brüderliche Zwietracht, sondern auch eine höchst unbequeme gegenseitige Abhängigkeit. Ehrlich ist der einzige Großunternehmer am Ort, er sorgt für Arbeitsplätze und Gewerbesteuer, und wenn er nicht wäre, stünde es schlecht um das Gemeindesäckel. Oppen aber verfügt als Stadtoberhaupt über allerhand politische Macht; Gedeih oder Verderb der Kleiderfabrik hängen nicht zuletzt von seinen Entscheidungen ab. Unter anderen Umständen wäre dies vielleicht die gesunde Basis ei-

ner ersprießlichen Zusammenarbeit, wäre da nicht die gewichtige Frage ›*Wer ist der Größte in diesem Land?*‹ Da nun beide glauben, diesen Titel beanspruchen zu müssen, bildet diese Frage eine verläßliche Sollbruchstelle in ihrer Beziehung.

Genau wie der Streit der beiden Brüder geht auch das Fußballspiel unentschieden aus.
Otwin Ehrlich spart somit die Kosten für die neuen Trikots der Spieler ein. Die Genugtuung darüber hält sich jedoch in Grenzen, beschäftigen ihn doch ganz andere Gedanken.
Langsam bahnt er sich einen Weg zu seinem Wagen. Die enttäuschten Sportfreunde links und rechts grüßen ihn ehrerbietig, mürrisch grüßt er zurück. Während er sich hinters Steuer seines Wagens setzt, brummt er leise, fast tonlos ein Liedchen vor sich hin. Das bedeutet: Ehrlich denkt nach.
Es sind schwere Gedanken. Sie beschäftigen ihn schon seit geraumer Zeit. Ehrlich ist mit Leib und Seele Unternehmer. Als ›Boß‹ ist man ein geachteter Mann, vor dem jeder den Hut zieht, man ist, wie es unlängst in der Zeitung hieß, ›eine im Stadtgeschehen nicht wegzudenkende Persönlichkeit‹. Das schmeichelt. Doch wenn die Umsätze stagnieren, macht das alles keinen rechten Spaß mehr. Die Konkurrenten drängen mit Macht auf den Markt, und wenn Ehrlich nicht in die roten Zahlen

abrutschen will, muß er modernisieren und, vor allem, expandieren.
Leicht gedacht, doch schwer getan. Dabei hat er alles exakt durchkalkuliert, längst sind die Pläne erstellt, auch die Finanzierung ist gesichert, und jetzt fehlt nur noch eines: die behördliche Genehmigung. Doch damit, zum Teufel, hapert es.
Ehrlich hat den Motor gestartet, fährt langsam an den Fans vorbei, die sich johlend und fahnenschwingend auf den Heimweg machen, und biegt nach einer Weile in einen schmalen, staubigen Feldweg ab. Im Hintergrund sind die Konturen seiner Fabrikhallen zu sehen, links und rechts des Weges aber breiten sich schöne, von der Zivilisation noch unberührte Streuobstwiesen aus.
Doch wen entdeckt er da – einsam auf seinem Fahrrad den holprigen Feldweg entlangstrampelnd? Seinen Bruder, den Bürgermeister.
Ehrlich überholt ihn, wobei er mächtig Staub aufwirbelt, fährt noch ein Stückchen weiter, beschließt dann aber, auf Oppen zu warten. Er stoppt seinen Wagen, steigt langsam und behäbig aus und läßt den Wagenschlag weit offen, so daß dem heranradelnden Oppen der Weg versperrt ist.
Mißmutig hält Oppen an. »Ist was?«
Ehrlich deutet auf den Wiesenhang zur Rechten: »Schau mal, da kommt die Lagerhalle hin«, sagt er, und seine Hand beschreibt einen weiten Bogen, »dort die Auffahrt und da drüben die Büros.«
»Aha, und was wird mit dem Wald?«

»Was für'n Wald?«
»Kannst du nicht gucken? Der Wald da!«
»Ach so«, brummt Ehrlich, »da müssen die ersten Baumreihen weg.«
»Natürlich. Und die Häuser dort hinten?«
»Was für Häuser?«
»Die Häuser von Reichenberg, du Knallkopp! Dürfen die stehen bleiben, oder muß Reichenberg weichen, wenn der große Fabrikant Ehrlich baut?«
Ehrlich fixiert seinen Bruder aus schmalen Augen. »Hör doch mit dieser Polemik auf! Ich muß erweitern!« Mit Nachdruck fügt er hinzu: »Und du machst das alles klar, verstanden?«
Das geht dem Bürgermeister dann doch über die Hutschnur. »Du glaubst, mir Anweisungen geben zu dürfen, he?« giftet er. »So nicht, mein Lieber! Nicht mit mir! Sonst baust du hier nämlich überhaupt nichts!«
»Mensch, Hinner!« versucht sein Bruder einzulenken.
Doch Oppen bleibt stur. »Du kriegst das Gelände nicht!«
Da versucht Ehrlich es mit einem sachlichen Argument: »Kapierst du denn nicht? Das ist schließlich auch im Interesse der Gemeinde. Ich schaffe euch 'ne Menge neue Arbeitsplätze!«
Doch es fruchtet nicht. »Haha, von Arbeitsplätzen redet ihr immer dann, wenn's euch um ein paar Millionen geht.«

Ehrlich schüttelt den Kopf. »Verstehe nicht, warum du dich querstellst. Immer stellst du dich quer!«
»Weil ich andere Pläne mit dem Gelände habe.«
In Wahrheit hat er gar keine Pläne. Er fürchtet nur, an Popularität zu verlieren, wenn er zuläßt, daß die schöne Apfelwiese verindustrialisiert wird.
»Verstehst du denn nicht?« drängt sein Bruder. »Ich muß umorganisieren, in die große Konfektion einsteigen, und dazu muß ich den Betrieb erweitern, ganz einfach.«
Oppen setzt sich wieder aufs Rad. »Du kriegst das Grundstück nicht!« sagt er bestimmt und tritt in die Pedale.
Ehrlich hält ihn am Sattel fest. »Ist das dein letztes Wort?«
»Mein letztes Wort.«
Ehrlich nickt. »Dann mach dich auf was gefaßt!« knurrt er und läßt den Sattel los.
Langsam fährt Oppen davon. Er fühlt sich nicht übermäßig wohl in seiner Haut. Die Drohung seines Bruders klingt ihm noch im Ohr.
Worauf soll er sich gefaßt machen?
Es vergeht fast eine Woche, bis er erfährt, was sein Bruder diesmal ausgeheckt hat.

Es ist ein schöner, sonniger Vormittag. Die Reichenberger gehen ihren Geschäften nach, nichts in der kleinen Stadt deutet darauf hin, daß sich etwas Besonderes zusammenbrauen könnte.

Auf dem hübschen, gepflegten Rathausplatz herrscht noch wenig Betrieb. Zwei ältere Damen tauschen plappernd ihre Erlebnisse beim letzten Arztbesuch aus, zwei sonnenhungrige Rentner sitzen auf einer Bank, ein Straßenkehrer fegt ein paar Zigarettenkippen zusammen – beschaulicher Alltag in Reichenberg.
Bürgermeister Heinrich Oppen steht am Fenster seines Büros und beobachtet die Leute unten auf dem Rathausplatz. Das macht er fast jeden Tag. Er registriert, wer in welchem Laden welche Dinge einkauft, wer's eilig hat und wer sich Zeit nimmt, wer mit wem redet, wer diesen Mitbürger schneidet und mit jenem plaudert und lacht. Das ist das Fundament seiner Popularität und seines Erfolges – daß Oppen ›seine‹ Gemeindemitglieder genauestens kennt, daß er ihre Schwächen und Vorlieben einschätzen und somit die Reichenberger unmerklich beherrschen kann.
Entspannt steht er am Fenster, seine Sekretärin hat ihm, wie jeden Morgen, eine Tasse Kaffee gebracht, heute allerdings ohne den gewohnten Berliner, auf den vorübergehend zu verzichten er sich entschlossen hat. Dies allerdings nur halbherzig und auf Anraten seiner Mutter, die ihm fast täglich klarzumachen sucht, daß die ›stattliche Erscheinung‹, die ein Bürgermeister darzustellen habe, nicht mit Leibesfülle zu verwechseln sei.
Plötzlich wird Oppen aufmerksam. Donnerwetter, was tut sich denn da unten?

Ein Mann, so um die vierzig, kommt taumelnd aus dem Wirtshaus heraus, bleibt nach wenigen Schritten stehen, schwankt ein wenig hin und her und blinzelt staunend in den Himmel, so als wundere er sich, daß da oben eine Sonne steht.
Oppen kennt diesen Mann, er kennt ihn sogar recht gut. Sie singen im selben Gesangverein, manchmal spielen sie sogar Skat miteinander. Er heißt Zimmermann, arbeitet als Zuschneider in Ehrlichs Betrieb und bildet zu diesem Zeitpunkt, zumal in diesem Zustand, eine ganz ungewöhnliche Erscheinung auf dem Rathausplatz. Wieso ist der Mann nicht bei der Arbeit, und weshalb hat er sich so früh am Vormittag derartig betrunken?
Zimmermann torkelt zu einem am Bordstein abgestellten Fahrrad. Augenscheinlich versucht er, sich zusammenzureißen, denn jetzt bleibt er kerzengerade stehen, fixiert die Lenkstange und faßt mit energischem Griff zu – erst links, dann rechts – und offenbar in der Hoffnung auf verläßlichen Halt. Doch als er sich auf den Sattel zu schwingen trachtet, fällt das Fahrrad scheppernd auf den Gehsteig, und der Betrunkene steht schwankend im Gestänge – ein Fuß zwischen Kettenblech und Rahmen und der andere im Rinnstein.
Während Zimmermann lauthals flucht, stellt Oppen die Kaffeetasse beiseite. Gespannt beobachtet er Zimmermanns zweiten Versuch, das Rad zu besteigen. »Das kann nicht gutgehen«, murmelt er und rennt aus dem Zimmer.

Derweil hat Zimmermann, mit dem linken Arm einen Laternenpfahl umschlingend, es tatsächlich geschafft, seinen Drahtesel zu besteigen. Er fährt los – allerdings auf der falschen Straßenseite und mit heftig wedelndem Vorderrad. Was hilft es da, daß Zimmermann in Panik die Fahrradglocke erklingen läßt – nach wenigen Metern verliert er vollends die Balance und geht zu Boden. Dort bleibt er erst einmal liegen, gebettet aufs Pflaster, zugedeckt mit Draht und Rahmen, und stößt abermals eine Serie kraftvoller Flüche aus.
Endlich rappelt er sich auf und fängt an, sein Fahrrad mit wütenden Tritten zu traktieren. Dabei lädiert er sich zum Überfluß auch noch die Zehen – zornig heult er auf, flucht neuerlich und spürt plötzlich zwei kräftige Hände auf seinen Schultern.
»Mensch, was kann denn das Fahrrad dafür?« hört er die Stimme seines Bürgermeisters, der ihn nun vom Fahrrad fortzieht.
Zimmermann empfindet es als Wohltat, endlich einen mitfühlenden Menschen gefunden zu haben, an dem er sich festhalten kann. »Scheißfahrrad!« brummt er und sieht Oppen an. »Ach, der Herr Bürgermeister!«
Oppen tätschelt ihm die Schulter. »Was ist denn los, Zimmermann?«
»Was soll los sein? Nix is los. Gar nix mehr.«
»Was treiben Sie am hellen Morgen in der Wirtschaft? Haben Sie keine Schicht?«

Zimmermann gurrt ein bitteres Lachen. Auf dieses Stichwort geht er gerne ein. »Doch. Und ob! Feierschicht!«
»Was? Wieso?«
»Jawoll. Feierschicht hab' ich bald. Schichtende und Feierschicht, jawoll, aus und vorbei!«
»Was?« staunt Oppen. »Hat der Ehrlich Sie gefeuert?«
Ist es die frische Luft, ist es die plötzliche Begegnung mit dem Stadtoberhaupt – jedenfalls scheint es, als habe Zimmermann jetzt etwas festeren Boden unter den Füßen bekommen. »Der braucht mich nicht zu feuern. Der braucht überhaupt keinen zu feuern. Der wird uns alle los. Jeden. Ohne Gewerkschaft und Kündigungsfrist, das geht wie geschmiert – zack, isser uns alle los!«
»Was reden Sie denn da für einen Stuß, Mann!?«
Zimmermann steckt beide Hände in die Hosentaschen, blickt bekümmert vor sich hin. »Ich kann ja nicht mit nach Portugal«, murmelt er.
»Hä?« Oppen versteht kein Wort.
»Muß hier meine Hypotheken abstottern.«
»Portugal? Hypotheken abstottern? Was soll der Unsinn?« Oppen packt den Betrunkenen an beiden Schultern und schüttelt ihn, als hoffe er, dadurch eine klare Antwort bekommen zu können.
Doch Zimmermann ist in wehmütige Gedanken versunken. »Da gehe ich eben in die Klitsche nach Saalstedt. Da verdien' ich zwar nur die Hälfte – aber wenn ich doppelt so lange abbezahle, kriegen

wenigstens meine Enkel das Haus schuldenfrei. So ist das. Jawoll, so ist das!«
Noch einmal muß Oppen nachfragen, ehe Zimmermann mit wünschenswerter Deutlichkeit erklärt: »Ehrlich verlegt den ganzen Betrieb nach Portugal.«
Das verschlägt Oppen zunächst einmal den Atem. »Quatsch!« schnauft er. »Das kann er doch nicht machen!«
»Weil's da Grund und Boden in Masse gibt«, erklärt Zimmermann und fügt noch einmal hinzu, daß dies so sei, jawoll, so sei das nun.
»Das gibt's doch nicht! Das muß ein Witz sein!«
»Doch, das gibt's«, erwidert Zimmermann geduldig. »Der Ehrlich hat's beschlossen, und heute früh hat er's verkündet. So ist das nun. Jawoll, so ist das!«
Oppen steht wie vom Donner gerührt.
Das also hatte sein Bruder gemeint, als er ihn gewarnt hatte: ›Mach dich auf was gefaßt!‹
Eine Weile lang schaut Oppen nachdenklich vor sich hin. Dann strafft er die Schultern, hebt den Kopf. »Der Ehrlich soll mich kennenlernen!« knurrt er böse. »Den kauf' ich mir!« Mit langen Schritten stakst er über den Rathausplatz.

Sie ist jung, sie sieht blendend aus, sie gilt als ausnehmend fähig, ist energisch und voller Pläne: Regina Stern. Seit zwei Wochen ist sie Direktrice in Ehrlichs Textilfabrik, und sie hat sich vorge-

nommen, hier allerlei originelle Ideen zu verwirklichen, um dem Werk neuen Auftrieb zu geben.
Ehrlich ist froh, daß er sie hat, er hält sie für tüchtig, und ›Schwung und Pepp‹, so meint er, können dem Unternehmen wirklich nicht schaden. Seit er den Betrieb von seinem Vater übernommen hat, ist hier kaum etwas verändert worden.
In einer Ecke des großen Nähsaales stehen Otwin Ehrlich, Regina Stern und Siggi Stuckwitz beisammen, sie vergleichen einen Damenrock der neuen Kollektion mit dem Layout des Werbeprospektes und reden sich die Köpfe heiß. Ehrlich weiß noch nicht so recht, welche Meinung er vertreten soll, während Stuckwitz seinen Entwurf verteidigt und Regina Stern kontert, daß er sehr viel mehr Pepp haben sollte.
In diesem Moment stürmt Heinrich Oppen in den Saal, steuert mit weitausgreifenden Schritten an der langen Reihe der Näherinnen vorbei auf Ehrlich zu. »Was habe ich da gehört«, ruft er schon im Herankommen und drängt Ehrlich fast in die Ecke des Saales, »du willst deinen Betrieb schließen?«
Ehrlich grinst ihn verärgert an. »Blödsinn! Wie kommst du denn auf so was?«
Oppen spricht leise, zischend: »In der ganzen Stadt wird darüber geredet, daß du deinen Betrieb verlegen willst!«

»Verlegen ist nicht schließen.«
»Für Reichenberg bedeutet es dasselbe. Man sagt, du willst mit der ganzen Fertigung nach Portugal?«
Ehrlich grinst immer noch. »Und wenn's so wäre, was geht dich das an?«
Oppen schnappt nach Luft. »Was *mich das* angeht?«
»Ich sag's dir: nichts, null, niente! Es ist eine unternehmerische Entscheidung wie jede andere auch.«
»Nicht hier!« Oppen stampft mit dem Fuß auf. »Nicht in Reichenberg! Hier habe ich auch noch ein Wörtchen mitzureden. Schließlich bin ich Bürgermeister und für das Wohl der Gemeinde verantwortlich!«
Ehrlich ist über die Wut seines Bruders allemal erfreut. Jetzt hat er ihn dort, wo er ihn haben will. Aber er läßt sich nichts anmerken. »Na ja«, sagt er betont sachlich. »du zwingst mich ja dazu, meinen Betrieb zu verlegen.«
»Ich?!?«
»Ich muß expandieren, das weißt du ja. Aber von dir kriege ich keinen Baugrund. In Portugal schmeißen sie ihn mir nach. Also?«
»Aber, aber! Bloß weil du das Gelände nicht kriegst, mußt du doch nicht nach Portugal abhauen! Es gibt noch andere Grundstücke.«
Regina Stern hat dem Gespräch mit wachsendem Entsetzen zugehört. Jetzt platzt ihr der Kragen.

»Stimmt das etwa?« faucht sie ihren Chef an. »Sie wollen nach Portugal?«
»Ach ja«, erinnert sich Ehrlich, daß er Regina noch nicht vorgestellt hat, »das ist meine neue Direktrice, Frau Stern. Sie soll die Konfektion designen und ein bißchen Schwung in den ganzen Laden bringen.«
Regina hat jetzt keinen Nerv für diesen Small-Talk. »Hören Sie mal«, ruft sie erregt, »Sie können mit mir doch nicht am ersten des Monats einen Arbeitsvertrag abschließen und am fünfzehnten erklären: Ich verlege meinen Laden!«
Ehrlich lächelt höflich. »Das ist übrigens der Bürgermeister von Reichenberg, Herr Oppen.«
Regina bleibt unbeeindruckt. »So haben wir nicht gewettet!« schimpft sie. »Das ist... hinterhältig wäre das! Hinterhältig!«
»Unser Arbeitsvertrag steht, meine Liebe! Ich nehme Sie natürlich mit.«
»Nach Portugal?! Ist Ihnen noch zu helfen? Ich habe alles aufgegeben, um mir *hier* eine neue Existenz aufzubauen! Ich plane alles bis ins Detail, miete mir ein Häuschen...«
»Also«, unterbricht Ehrlich, »ich habe wirklich nicht vor, hier und jetzt meine unternehmerischen Entscheidungen zu diskutieren.«
»Aber ich!« protestiert Regina. »Ich habe nämlich auch eine Entscheidung getroffen! Und zwar nach kurzer, aber reiflicher Überlegung!«
»Aber Frau Stern!« beschwichtigt Ehrlich.

»Kommt Zeit, kommt Rat. Wir reden noch darüber.«
»Das wird nicht nötig sein!« Regina wendet sich jählings ab, rennt hinaus und knallt die Tür hinter sich zu.
Ehrlich schaut ihr betroffen nach. Die Näherinnen, die Zeugen des lautstarken Auftritts geworden sind, amüsieren sich verstohlen.
Wütend sieht Ehrlich seinen Bruder an. »So, das hast du geschafft!«
»Hä?«
»Wie kommst du dazu, hier hereinzuplatzen und meine Mitarbeiter derart zu verunsichern!«
»Ja, das ist nun dein Problem, mein Lieber«, schmunzelt Oppen. »Du hast den Schwarzen Peter – nicht ich.«

Es wird Zeit, daß wir Frau Frederike Oppen vorstellen. Sie ist trotz ihrer 72 Jahre eine stattliche, energiegeladene, immer noch gut aussehende Frau, in zwei anstrengenden Ehen für die Widrigkeiten des Lebens gestählt. Jedem ihrer Gatten hat sie einen Sohn geboren – eben jene streitbaren Brüder Ehrlich und Oppen. Mit dem jüngeren der beiden, Heinrich Oppen, und dessen Tochter Klara bewohnt sie eine hübsche Villa am Stadtrand und versucht von hier aus mit diplomatischem Geschick, den beständigen Streit ihrer Söhne in Grenzen zu halten. Sie tut dies nicht allein des Familienfriedens wegen, sondern auch, um gar zu

große Turbulenzen im Stadtgeschehen zu dämpfen. Und weil ihr das oft gelingt, wird sie von den Reichenberger Bürgern auch gerne ›Königinmutter‹ genannt.
Es ist früh am Morgen, und dieser Morgen läßt die Welt wie frisch geputzt erscheinen. Die Sonne strahlt, eine leichte Brise fächelt durch die Baumwipfel im Garten, die Vögel zwitschern, und Frederike Oppen sitzt in bester Laune mit Sohn Heinrich beim Frühstück.
Diese Laune wird allerdings empfindlich gestört, als sie einen Blick in die Zeitung wirft.
›Größtes Reichenberger Unternehmen will die Stadt verlassen‹, steht da in klobigen Buchstaben auf der Titelseite.
Kopfschüttelnd liest sie den Artikel. »Mich hat er mit keinem Wort gefragt«, sagt sie leise.
»Ich fühle mich sowieso verarscht«, knurrt ihr Sohn.
Indigniert blickt sie auf. »Heinrich, bitte, ja?« sagt sie streng. »Keine Kraftausdrücke!«
»Na ja, ist doch so! Ich hab's auch nur durch Zufall erfahren.«
»Er war schon als Kind ein Fallensteller, und du bist oft genug hineingetappt.«
»Umgekehrt aber auch.«
»Genau das finde ich ja so zum Kotzen!« sagt Mutter Oppen mit Würde, geht zum Telefon und wählt die Nummer der Textilfabrik. »Meinen Sohn, bitte!« Sie horcht einen Moment, um dann

gereizt aufzufahren: »Was heißt das, er ist nicht zu sprechen? Er ist für seine Mutter nicht zu sprechen?! Dann richten Sie ihm aus, er soll sofort zurückrufen, ja?!« Sie haut den Hörer auf die Gabel. »Genau wie sein Vater!« sagt sie wütend. »Erst kommt die Fabrik, dann kommt lange nichts, dann kommt noch mal die Fabrik!«

»Na«, meint Oppen, »du warst manchmal schon ganz schön stolz darauf.«

»Aber sein Vater hätte Reichenberg nie so im Stich gelassen.«

»Bist du sicher?«

»Nee, leider nicht«, muß sie zugeben. »Aber ich hätte ihm schon klar gemacht, daß es so nicht geht!«

»Hoffentlich schaffst du das bei Otwin auch.«

Die alte Dame wiegt nachdenklich den Kopf. »Er ist genau so ein Dickschädel wie du.«

»Wo wir das nur herhaben?« feixt Sohn Heinrich und versinkt in Gedanken.

Er muß einen Weg finden, um Otwin seine Pläne zu vermasseln. Denn wenn der tatsächlich mit der Fabrik nach Portugal geht, sieht's für die Stadtfinanzen düster aus. Dann kann er, Heinrich Oppen, einpacken.

Und er beschließt, dickes Geschütz aufzufahren.

Im kleinen Sitzungssaal des Rathauses herrscht emsiges Treiben. Stadtverordnetenversammlung. Ein bedeutsamer Programmpunkt steht auf der

Tagesordnung: die Feier zur Einweihung des neuen Brunnens auf dem Rathausplatz. Sie soll ein großes Fest für die ganze Bevölkerung werden.
Die Stadträte sind schon vollzählig anwesend, da betritt der Bürgermeister den Saal. Er wirkt ungewöhnlich ernst und gesammelt.
Gewichtig schreitet er durch den Raum, stellt sich hinter seinen Stuhl. »Bitte, meine Damen und Herren, Platz zu nehmen.«
Allgemeines Stühlerücken, gedämpftes Raunen. So gemessen und ernsthaft kennt man den Bürgermeister gar nicht. Einige der Stadträte entbieten ihm ihren Gruß. Er antwortet mit abgeklärtem Kopfnicken. Schließlich kehrt Ruhe ein.
Der drahtige Stadtdirektor Willat will die Tagesordnung verlesen, kommt aber nur bis zu Punkt eins, als Oppen ihn schon unterbricht. »Tagesordnungspunkt eins ist eine persönliche Erklärung des Bürgermeisters«, sagt er mit dumpfem Nachdruck.
Alle schauen zu ihm hin. Es herrscht irritierte Stille. Oppen genießt die neugierige Beachtung, die man ihm schenkt, und macht eine lange Pause.
»Ich werde mein Amt als Bürgermeister vorzeitig niederlegen«, erklärt er dann, »und zwar zum nächstmöglichen Zeitpunkt, das ist der 31. Dezember.«
Der Stille folgt jetzt der Sturm. Alles redet durcheinander. Jeder ist perplex, keiner will es so recht glauben.

Doch Oppen meint es durchaus ernst (oder, um es in seiner Denkweise auszudrücken: *beinahe* durchaus ernst). Warum, so meint er, soll er erst warten, bis die Gemeinde pleite ist?
Er setzt sogar noch eins drauf: »Nach der Gemeindeordnung sind alsbaldige Neuwahlen auszuschreiben«, erklärt er mit erhobener Stimme. »Doch werde ich die Amtsgeschäfte sofort ruhen lassen.«
Pause. Allgemeines Entsetzen.
»Der Herr Stadtdirektor wird mich derweilen vertreten«, ergänzt Oppen mit einem müden Blick auf den kleinen Herrn Willat.
Der nickt eifrig mit dem Kopf. Die anderen tuscheln und zischeln durcheinander. Sie können es immer noch nicht fassen. Oppens Tischnachbar, der schwerleibige Stadtangestellte Wipperfürth, zieht einen Flachmann aus der Gesäßtasche und beruhigt seine Nerven mit westfälischem Doppelkorn. Nur eine im Kreis zeigt sich befriedigt: Fräulein Gerlinde Saad. Sie ist Abgeordnete der Grünen und steht mit dem Rest des Stadtrats in wenig konstruktivem Dauerzwist.
»Gratuliere!«, ruft sie. »*Das* ist mal eine politisch vernünftige Entscheidung!«
Keiner will sich ihrer Meinung anschließen. Sogar der Oppositionsführer, Edgar Seiters, ist entsetzt. »Wir dürfen doch wohl davon ausgehen, Hinner«, sagt er, »daß das nicht dein letztes Wort ist!«
»Mein allerletztes«, erwidert Oppen. »Diese Ent-

scheidung ist nicht verhandlungsfähig, um es mal so zu sagen.«
Jetzt läßt er sich von Wipperfürth den Flachmann geben und nimmt, wie zur Bekräftigung seines Entschlusses, einen kräftigen Schluck.
»Sie bringen uns da in eine diffizile Situation«, versucht sich der Stadtdirektor Gehör zu verschaffen, »bedenken Sie doch – so kurz vor der Brunneneinweihung...«
Oppen mag den kleinen Willat nicht, zumal er es immer noch für möglich hält, daß dieser, wie Ehrlich behauptet hat, ihm den Dienst aufkündigen will. Also holt er jetzt einen weiteren Pfeil aus dem Köcher. »Im übrigen schlage ich den Kollegen Wipperfürth als meinen Nachfolger vor.«
Das schlägt ein wie eine Bombe. In erster Linie natürlich bei Willat, der sich schon als künftigen Bürgermeister sieht.
»Aber... aber«, stammelt er etwas hilflos, »der Herr Wipperfürth ist Angestellter der Stadt!«
»Ohne Zweifel«, erwidert Oppen. »Jedoch ist er auch Bürger dieser Stadt. Und als solcher genießt er das passive Wahlrecht.«
Wieder entsteht allgemeiner Tumult. Keiner traut dem dicken Wipperfürth das Zeug zum Bürgermeister zu.
Oppen läßt dies ungerührt. Er greift zur Glocke und läutet. »Die Sitzung ist geschlossen«, sagt er mit Grabesstimme.
Er steht auf, verläßt den Raum, und zurück bleibt

eine total ratlose, verunsicherte, ja entgeisterte Stadtverordnetenversammlung.
So schnell wie möglich will Oppen jetzt das Rathaus verlassen. Mit langen Schritten stiefelt er den Korridor entlang, den Blick starr nach vorne gerichtet. Nicht umschauen! Nur weg hier! Könnte ja sein, daß ihm einer von den Ratsmitgliedern folgt, und er will, um Himmels Willen, jetzt keine Diskussion. Fast schon hat er die Durchgangstür zum Treppenhaus erreicht, als er merkt, daß ihm jemand mit huschenden Schritten folgt.
»Herr Bürgermeister! Herr Bürgermeister!« hört er es hinter sich wispern.
Er kennt die Stimme. Sie gehört Alfons Kemper, einem kleinen Angestellten aus der Buchhaltung. Und dies ist ein Mensch, dem er jetzt am allerwenigsten begegnen möchte. Kemper ist ein netter Kerl, hat manche Vorzüge. Einer davon ist die bedingungslose Treue, mit der er dem Stadtoberhaupt ergeben ist. Und dies nicht ohne Grund. Denn Oppen hat ihm einmal in einer brenzligen Affäre die Stange gehalten, und seitdem verbindet die beiden ein starkes, kaum zerreißbares Band: das gemeinsame schlechte Gewissen.
»Herr Bürgermeister!« wispert es zum dritten Mal. Oppen stöhnt. Bleibt stehen. »Was gibt's denn, Kemper? Ich bin in Eile.«
Kemper sieht ihn aus großen, unschuldsblanken Augen an. »Stimmt es denn? Wollen Sie allen Ernstes Ihr Amt niederlegen?«

Oppen blinzelt, doch seine Miene bleibt undurchdringlich. »Woher, zum Kuckuck, wollen Sie das wissen?«
»Na ja, Ihre Sekretärin, verzeihen Sie, hat so eine Andeutung...« Bescheiden zieht Kemper den Kopf zwischen die Schultern. »Ich meine, Sie hat es nicht schlecht gemeint, und wir kennen uns ja schon seit Jahren. Sie weiß, daß man mir vertrauen kann.«
»Kann man das?«
»Aber das wissen Sie doch, Herr Bürgermeister, das wissen Sie doch!« Seine Augenlider flattern nervös. »Stimmt es nun, was man so hört, ist es wahr, oder...«
Oppen gibt sich weltmännisch. »Mein Lieber, in einer Position wie der meinen muß man sich den Blick für die Realitäten bewahren. Ich versehe dieses Amt jetzt schon so lange, Sie verstehen?«
O ja, Kemper versteht. Aber nicht sehr gerne. »Sie wissen doch, wenn Sie jetzt aufhören, wäre das für mich die reinste Katastrophe!«
Oppen legt ihm beruhigend die Hand auf die Schulter. Er lächelt ein bißchen, schaut nach links, schaut nach rechts. Es ist niemand zu sehen, und Oppen glaubt, eine vertrauliche Botschaft preisgeben zu können: »Es ist ja noch nicht aller Tage Abend«, grinst er und klopft Kemper noch einmal auf die Schulter. »Aber das bleibt unter uns, klar? Sagen Sie es auf keinen Fall weiter!«

Ein tiefer Seufzer entringt sich Kempers Brust. Es ist ein Seufzer der Erleichterung.

Klara Oppen tupft sich mit einem Papiertaschentuch die Schweißperlen von der Stirn. Die kleine, hübsche Person ist noch ein bißchen außer Atem. Aber sie schmunzelt vergnügt vor sich hin, ihre Augen leuchten in verträumter Fröhlichkeit. So realistisch sie gewöhnlich die Dinge ansieht – heute hat sie das Gefühl, als gehöre ihr die ganze Welt. Klara ist verliebt.

Das Wetter entspricht ihrer Gemütslage, die Sonne strahlt, es ist nicht zu heiß und nicht zu kalt, eigentlich könnte es kaum schöner sein. Klara sitzt an einem der Gartentische am Rande der Tennisplätze von Reichenberg und beobachtet – ziemlich interesselos, denn ihre Gedanken kreisen um ganz andere Dinge – zwei ältere Herrschaften, die sich auf dem Platz mit liebenswürdiger Höflichkeit die Bälle zuspielen.

Und nun tritt auch er an ihren Tisch, er, den all ihre Gedanken umfassen, mit dem sie gerade eine Trainerstunde absolviert hat – der junge Siggi Stuckwitz, elastischen Schrittes, in den Händen zwei Cola mit über den Flaschenhals gestülpten Gläsern und auf den Lippen ein siegesgewisses Lächeln. Er weiß genau, daß sie sich eigentlich gar nicht für Tennis interessiert und den Unterricht allein seinetwegen nimmt, und das verleiht ihm enorme Selbstsicherheit.

Er stellt die Flaschen ab, gibt ihr einen Kuß auf die Stirn, wischt sich schnell die Lippen mit dem Handrücken ab.
»Verzeih«, sagt sie, »ich schwitze ein bißchen.«
»Macht nichts«, lacht er, »das ist der Schweiß der Tüchtigen.« Er setzt sich, tätschelt ihr vertraulich den Oberschenkel. Süß sieht sie aus in ihrem knapp sitzenden Tennisdreß, der all ihre Kurven so entzückend zur Geltung bringt. »Du bist sehr talentiert«, behauptet er. »Du wirst sehen, ich mache aus dir noch eine zweite Steffi Graf.«
»Quatschkopf!« lacht sie, gießt sich ein Glas voll, trinkt es in einem Zug leer. Dann sieht sie ihn an. »Du hast auch Talent«, sagt sie und meint es durchaus ernst. »Ich weiß gar nicht, warum du als Grafiker im Betrieb meines Onkels arbeitest. Ich bin sicher, als Tennislehrer hättest du viel größere Chancen.«
Er wischt die Bemerkung mit einer prahlerischen Geste weg. »Ich werde doch nicht mein Hobby zum Beruf machen. O nein, ich habe ganz andere Pläne.« Versonnen schaut er vor sich hin. »Ich habe das genau durchgecheckt: Dein Onkel will expandieren. Damen- und Herrenkonfektion in großem Stil. Da kommt er mit den Kleinanzeigen nicht mehr weiter. Wir werden großangelegte Reklamefeldzüge starten müssen. Und siehst du: Das ist mein Job! Ich baue eine fabelhaft funktionierende Werbeabteilung auf.«
Klara wiegt skeptisch den Kopf. »Da kennst du

Onkel Otwin schlecht. Wenn der so was angeht, macht er Nägel mit Köpfen. Der baut sich nichts auf, der beauftragt irgendeine eingeführte Werbeagentur. Gift drauf!«
»Tut er nicht!« widerspricht Siggi. »Kann er gar nicht. Weil das viel zu kompliziert wäre.«
»Wieso?«
»Schon aus geographischen Gründen. Schau mal, der Ehrlich ist auf den deutschen Markt angewiesen, also muß er auf die deutsche Mentalität Rücksicht nehmen. Wer aber die Werbung für ein Produkt übernimmt, muß auch in ständigem Kontakt mit dem Unternehmen stehen, sonst wird das nichts. Also?«
»Was heißt ›also‹?«
»Wo aber will er in Portugal eine deutschsprachige Werbeagentur hernehmen?«
Klara kippt das Kinn herunter. Verdutzt starrt sie ihren Freund aus glasigen Augen an. »Siggi«, haucht sie, und ihre Lippen bibbern, »heißt das etwa, du willst mit nach Portugal gehen?«
»Klar, mein Schatz. Und dort mache ich die große Karriere!«
Es dauert eine kurze Weile, bis Klara das richtig begriffen hat. »Ja und?« fragt sie. »Was wird dann aus uns beiden?«
Er zuckt die Achseln. »Ganz einfach: Wir lernen Portugiesisch.«
Klara starrt ihn an. »Du meinst doch nicht etwa, daß ich mitkomme nach Portugal?«

Er nickt. »Doch, ich denke schon. Oder weißt du was Besseres?«
Das ist alles ein bißchen viel für die kleine Klara. Ihre Reichenberger Welt war bisher so überschaubar. Auf einmal soll ihr wohlgeordnetes Leben auf den Kopf gestellt werden?
Sie steht auf. Streicht mit fahrigen Bewegungen ihr Tennisröckchen glatt. »Etwas steht jedenfalls fest«, sagt sie dann. »Einer von uns beiden spinnt. Tschüß!«

Otwin Ehrlich trägt einen Riesenblumenstrauß vor sich her. Außerdem setzt er sein Sonntagsgesicht auf, lächelnd, freundlich, liebevoll und umwerfend charmant. Das kann er, wenn er will. Und damit, das weiß er von frühester Jugend her, wird er seine Mutter bezaubern. Sie ist dann wie Wachs in seinen Händen.
Ein bißchen allerdings unterschätzt er sie. O ja, sie freut sich, als er mit den herrlichen Herbstblumen vor der Tür steht, doch weiß sie auch, daß er etwas im Schilde führt, sonst wäre er nicht so unnatürlich freundlich.
Dennoch tut sie überrascht. »Otwin! Na so was!«
»Du hast angerufen – da bin ich!« strahlt er und drückt ihr die Blumen in die Hand.
»Komm rein, komm rein!« Sie geht voran, zunächst in den Wintergarten, wo sie eine Vase holt, dann ins Bad, wo sie Wasser in die Vase füllt, und zurück in den Wintergarten.

Otwin folgt ihr auf dem Fuße. »Du siehst wieder einmal hinreißend aus!« erklärt er volltönend.
»Hör auf, du Schmeichler!«
»Na, echt!« schmeichelt er weiter. »Erst gestern sagte die Frau Hüttenbrink zu mir: Wie macht das Ihre Mutter bloß?«
»Und was hast du gesagt?«
Er lächelt sie an. »Sie raucht nicht, sie trinkt kaum, und 'ne Frau ist sie selber.«
»Du sollst nicht so schamlos schwindeln!« Aber natürlich kann sie ihrem Sohn nicht böse sein.
Der Blumenstrauß steht in der Vase, die beiden setzen sich. Otwin Ehrlich streckt die Beine aus und fragt seine Mutter, warum sie ihn angerufen habe. Eine überflüssige Frage eigentlich, denn er kennt ihre Antwort bereits.
»Was ist das für ein Unfug mit deiner Betriebsverlagerung?«
»Ja, weißt du«, antwortet er vorsichtig, »es gibt da eine Menge Gründe. Ich habe da mal so 'ne Wirtschaftsberatungsfirma angesetzt. Kostet übrigens ein Schweinegeld!«
»Aha. Und?«
»Na ja, ich kann das hier alles nicht mehr rentabel gestalten, wenn ich nicht expandiere. Von der Gemeinde bekomme ich keinen Baugrund – du kennst ja Heinrich, wenn der stur ist, ist er stur –, und für mich gibt's da nur den einen Ausweg...«
»Du bist ebenfalls stur«, unterbricht ihn seine Mutter, »ich kenne das.«

»Was bleibt mir denn anderes übrig. Mein entzükkender Bruder zwingt mich dazu.«
»Sagt die ›Wirtschaftsberatungsfirma‹?«
»Sagt die Wirtschaftsberatungsfirma.«
»Und deswegen verlagerst du den ganzen Betrieb nach Portugal?«
»Deswegen.«
»Ohne Rücksicht auf deine Heimatstadt? Bedenke, du hast von deinem Vater den größten Betrieb am Ort übernommen. Die Steuereinnahmen werden rapide zurückgehen, es wird eine Menge Arbeitslose geben. Außerdem sind die Ehrlich-Werke ein altes Familienunternehmen ...«
»... das ich durch meine Entscheidung vor der Pleite bewahre«, nickt er selbstgefällig.
»Und du bist fest entschlossen?«
»Absolut.«
Sie schaut ihm in die Augen. »Ach, mein guter Junge!« lächelt sie. »Für wie dumm hältst du mich eigentlich?«
»Was? Ich dich? Wieso? Was meinst du?«
Sie streichelt ihm die Wange. »Ich kenne dich seit deiner Geburt. Glaubst du tatsächlich, ich merke nicht, was du vorhast?«
Ehrlich lehnt sich zurück, kippelt ein bißchen mit dem Stuhl. »Ach, du denkst, ich bluffe nur?«
Sie schüttelt den Kopf. »Das denke ich nicht, das weiß ich. Und, ehrlich gesagt, das macht mir ein bißchen Sorge. Denn dein Bruder wird nun zu einem Gegenschlag ausholen, und die Folge wird

ein schreckliches Tohuwabohu sein.« Sie strafft sich. »Magst du einen Kaffee? Einen Sherry? Einen Schnaps?«
Er erhebt sich. »Vielen Dank, aber ich habe keine Zeit. Ich muß weiter.« Er gibt ihr einen Kuß.
Ehrlich fühlt sich nicht sehr wohl in seiner Haut. Es macht keinen Spaß, so erschöpfend durchschaut zu werden.

Daß seine Mutter mit ihrer Befürchtung recht hat, erfährt Ehrlich, kaum daß er sein Werk betreten hat. Dort hat es sich wie ein Lauffeuer rumgesprochen: Der Herr Bürgermeister stellt sein Amt zur Verfügung.
Es dauert nur kurze Zeit, bis Ehrlich klar wird, was das für ihn bedeutet. So sehr ihm sein Bruder das Leben auch schwer macht – es wird noch bedeutend schwerer werden, wenn ein anderer zum Bürgermeister von Reichenberg gewählt wird. Denn es gibt einige ›stillschweigende Übereinkommen‹ zwischen ihm und Heinrich, die sie sich gegenseitig abgetrotzt oder abgeluchst haben, und wenn da ein Dritter dahinterkommt, gibt's Stunk. Und das nicht zu knapp.
Zu allem Überfluß sagt ihm jetzt auch noch seine Sekretärin, daß Regina Stern nicht zur Arbeit erschienen sei.
»Wieso? Ist sie krank?«
»Weiß nicht.«
»Na, rufen Sie an! Fragen Sie!«

»Hab' ich schon versucht. Sie geht nicht an den Apparat.«

»Scheißladen!«

Er könnte die Sache jetzt auf sich beruhen lassen und den nächsten Tag abwarten, bei jedem anderen Mitarbeiter würde er das wohl auch tun, aber mit Regina ist das eine besondere Sache. Schließlich hat er sie nicht nur engagiert, weil er sie für eine tüchtige, kompetente Mitarbeiterin hält, sondern auch, weil sie – na ja, eben deswegen, reden wir nicht drüber...

Er kleidet seinen Entschluß in die bedeutsamen Worte: »Ich muß noch mal... wenn jemand anruft, ich bin bald wieder...«, und verläßt mit flinken Schritten sein Büro.

Regina Stern bewohnt ein nettes, kleines Häuschen, das sie von der Gemeinde gemietet hat. Das Haus ist von Grund auf renoviert, alles ist sauber und wäre sehr hübsch, wenn nicht zur Zeit eine beispiellose Unordnung herrschte. Die Möbel sind in wenig malerischem Wirrwarr an die Wand gerückt, auf den Tischen liegen allerlei Kleidungsstücke, auf dem Fußboden Stapel von Büchern und Zeitschriften, und daneben, teils noch zusammengefaltet, teils schon aufgeklappt, eine Menge Faltkartons.

Regina ist, leise vor sich hinfluchend, damit beschäftigt, Umzugskisten aufzufalten und Bücher hineinzupacken. Ihr Haar ist zerzaust und ihre Laune miserabel.

Da scheppert die Hausklingel. Regina stöhnt auf, flucht wieder ein bißchen, geht aber gleichwohl zur Tür und öffnet. Erschrocken weicht sie einen Schritt zurück. Vor ihr steht, in einem eleganten grauen Anzug, Otwin Ehrlich. Er hat zwei Champagnerflaschen im Arm und fragt fröhlich: »Darf ich reinkommen?«
Regina schüttelt abweisend den Kopf. »Ich bin beim Packen.«
Doch Otwin läßt sich nicht beirren. »Ja, ist das möglich? Sie sind doch schon vierzehn Tage hier! Sind Sie immer noch nicht mit Auspacken fertig?«
»Ich packe *ein*!« sagt sie mit Nachdruck.
Er tritt lächelnd näher, sucht einen Platz, um den Champagner abzustellen, und jetzt erst bemerkt er die Unordnung. »Großer Gott, Sie packen ja wirklich!«
Sie nickt und fährt ungerührt fort, die Bücherkiste zu packen. Ehrlich steht ihr im Weg.
»Sie ziehen doch wohl nicht ernsthaft in Betracht, Ihren Arbeitsvertrag zu kündigen?« bemüht er sich, das Gespräch in Gang zu bringen.
»Aber ja! Falls *Sie* ernsthaft in Betracht ziehen, nach Portugal zu gehen.«
Ehrlich holt Luft. »Das läßt sich leider nicht ändern. Jetzt, wo der Oppen geht, krieg' ich hier sowieso keinen Fuß mehr auf den Boden.«
»Ach nee? Jetzt ist er auf einmal schuld?«
»Klar. Ich habe mit meiner Entscheidung nur früher reagiert.«

Sie richtet sich auf. »Noch bevor er gehen wollte?« meint sie ironisch. »Wie vorausblickend!«
»Nein, äh – ja«, verhaspelt er sich. »Ich meine, das war klar abzusehen ... Nachdem er mir das Wiesengrundstück nicht gegeben hat, können wir zwei unsere Konfektionsschneiderei doch gleich vergessen, oder?«
Sie nickt. »Und jetzt, wo er seinen Posten aufgibt, *kann* er's Ihnen nicht mehr geben.«
»Da sehen Sie, was für'n Dreckskerl der ist!«
»Dem Sie leicht das Wasser reichen können«, ergänzt Regina bitter.
»Aber ich bitte Sie!«
Sie unterbricht ihre Arbeit. Stellt sich vor ihm hin. Verschränkt die Arme. »Wer täuscht denn hier falsche Tatsachen vor, he?«
»Ich doch nicht!« beteuert er mit Unschuldsempörung.
»Nein? Dann haben Sie wahrscheinlich meine Bewerbungsunterlagen gar nicht zur Kenntnis genommen.«
»Wie kommen Sie denn darauf? Natürlich habe ich.«
»In dem Fall sollten Sie auch wissen, daß ich dort arbeiten will, wo ich mit einem Neuanfang gute Chancen habe. Und das ist hier in Reichenberg.«
»Ja, ja«, bestätigt er. »Aber wieso eigentlich? Warum ausgerechnet Reichenberg?«
»Wenn man erfolgreich Mode machen will, muß man den Trend mitbestimmen.«

Das leuchtet ihm ein. »Aber ja!« sagt er stolz.
»Und wenn ein Unternehmen so kläglich hinterherhinkt wie Ihres, hat man die besten Chancen, sich zu profilieren.«
Otwin Ehrlich bemüht sich, Gelassenheit zu zeigen. Er versucht sogar, charmant zu sein. Fragt nach Gläsern, um den Champagner einzugießen. Nimmt gefaßt zur Kenntnis, daß sie keinen Durst hat. Er macht ihr Komplimente und kommt sich dabei vor wie eine kleine Hafenbarkasse, die einen riesigen Eisberg rammt.
Nichts zu wollen. Dabei hat er sich so viel vorgenommen, wollte sie im Sturm erobern, wollte ihr zeigen, was für ein weltgewandter Mann er ist. Jetzt bemängelt sie sogar, daß er zu einem grauen Anzug braune Schuhe trägt.
Er erhebt sich. »Ja, dann will ich lieber mal gehen.«
»Allmächtiger!« stöhnt sie und mustert seine Füße. »Auch noch weiße Socken!«
Er schaut betreten an sich herab. »Na ja, ich bin eben ein bißchen verwirrt. Das müssen Sie verstehen. Die ganze Aufregung – alles hat sich gegen mich verschworen!«
»Na, Sie haben's nötig!« sagt sie und bringt ihn zur Tür. »Sie versetzen die ganze Stadt in Aufregung und beschweren sich!«
In der Haustür macht Ehrlich noch mal kehrt. Sieht sie an. Da steht sie vor ihm, trotz der Arbeitskleidung und der zerzausten Haare eine elegante,

begehrenswerte Frau. Und er – er hat sich nur lächerlich gemacht.
»Aber begreifen Sie doch!« sagt er schwach. »An allem ist nur mein Bruder schuld!«
»Nein«, erwidert sie kühl, »das begreife ich nicht. Vielleicht erklären Sie's mir mal.«
Er zuckt entmutigt die Schultern. »Sie glauben mir ja doch nicht«, murmelt er, versucht, ihr einen Handkuß zu geben, läßt es dann aber doch und geht.
Regina schaut ihm nach. Sie ist ganz zufrieden mit sich. Jedenfalls hat sie ihm ordentlich die Meinung gesagt. Aber natürlich ändert das überhaupt nichts an ihrer Lage. Und die ist nach wie vor in hohem Maße unbefriedigend.
Eigentlich traurig, denkt sie weiter, denn im Grunde ist dieser Otwin Ehrlich doch ein ganz netter Mann, und sie hatte sich auch auf die Arbeit mit ihm und in seiner Firma gefreut. Aber was soll's? Ihr fällt ein dummer Spruch ihres Klassenlehrers ein: ›Wo gar keine Aussicht mehr besteht, kannste jede Hoffnung fahren lassen.‹ Damals fand sie die Formulierung witzig. Heute kann sie kaum mehr darüber lachen.
Sie schließt die Tür, geht zum Telefon und ruft die Speditionsfirma an.

Die Bude ist ungemütlich, eng, und es riecht nach kaltem Zigarettenrauch. Der Wasserhahn des kleinen Waschbeckens tropft. Die Abendsonne

scheint durch das Mansardenfenster und beleuchtet ein trist zusammengestoppeltes Mobiliar – einen wackligen Tisch mit zwei Rohrstühlen, einen morschen Kleiderschrank aus Fichtenholz und eine alte, klapprige Bettcouch.
Obwohl das alles ausgesprochen trostlos wirkt, hat die kleine, zarte Klara doch das Gefühl, die letzten zwanzig Minuten im Paradies zugebracht zu haben. Sie streckt sich wohlig auf der zerwühlten Couch und bettet ihren Kopf auf der Schulter Siggis, mit dem sie diese zwanzig Minuten Seligkeit verlebt hat.
Er hat nach einer Zigarette gegriffen. Zündet sie an. Er ist erschöpft, aber auf wunderbare Weise entspannt.
»Ach, Siggi«, sagt sie und streichelt seinen Bauch, »es könnte alles so schön sein.«
»Es ist schön«, brummelt er, »und so wird's auch bleiben, glaub mir!« Er drückt sie fest an sich.
Sie schüttelt den Kopf. »Das glaube ich eben nicht!« Sie richtet sich auf. »Och, Siggi, das hatten wir doch nun alles längst besprochen: Wir wollten eine Zweizimmerwohnung nehmen, damit du aus dieser gräßlichen Bude rauskommst, wir wollten glücklich sein – und nun ist alles kaputt!«
»Aber Mädchen! In Portugal gibt's auch Zweizimmerwohnungen!« Er schaut träumerisch vor sich hin. »Quatsch, was sage ich? Dort mieten wir uns ein Haus, das kann ich mir dann locker

leisten, vielleicht sogar am Strand, mit Blick aufs Mittelmeer.«
»Auf den Atlantik«, verbessert sie.
»Ist doch egal. Jedenfalls leben wir dort in Saus und Braus. Ich habe große Pläne!«
»Du vielleicht. Mich kotzt das an.« Sie richtet sich auf, setzt sich auf den Couchrand und greift zu ihrem T-Shirt. »Mensch, Siggi, bei dir tickt's nicht richtig! Was sollen wir denn bei diesen Portugiesen? Ich bin *hier* zu Hause. In Reichenberg fühle ich mich wohl, hier habe ich meine Familie, mein ganzes Umfeld. Ich wäre doch ein Trottel, wenn ich das aufgebe!«
»Du liebst mich nicht!«
Sie sieht ihn an. Verwuschelt ihm das Haar. »Du bist ein alter Esel! Natürlich liebe ich dich, sonst ginge mir das alles ja nicht so auf den Geist! Ich will, daß du hier bleibst und daß wir glücklich werden!«
»Und an meine Karriere denkst du nicht, he? Bei den Ehrlich-Werken komme ich groß raus, ich schwör's dir!«
»Quatsch! Du bist ein tüchtiger junger Mann, du machst überall Karriere. Besonders hier in Reichenberg! Vergiß nicht, mein Vater ist Bürgermeister, der verschafft dir schon, was du brauchst!«
Er faßt nach ihrer Schulter, zieht sie sanft zu sich herab und gibt ihr einen Kuß auf den Nacken. »Dein Vater ist nicht mehr Bürgermeister, mein

Engelchen«, raunt er ihr ins Ohr. »Und wir gehen nach Portugal!«

Es ist ein nebliger, kühler Herbstvormittag, die Konturen der Häuser in den verwinkelten Straßen, der Stadtkirche und des nahen Waldes verschwimmen im Dunst. Regina Stern muß sich zugeben, daß sie dies alles, so kurze Zeit sie auch erst hier ist, schon ein bißchen liebgewonnen hat. Sie hatte sich eingebildet, hier eine neue Heimat finden zu können.

Tapfer schluckt sie ihre Wehmut runter. Wo gar keine Aussicht besteht, kannste jede Hoffnung fahren lassen...

Sie steht, mit kleinem Gepäck, auf dem luftigen Bahnsteig des Reichenberger Bahnhofes und wartet auf den Zug, der sie in eine neue Zukunft bringen soll.

»Guten Morgen, Fräulein Stern«, hört sie da eine Stimme hinter sich.

Sie wendet sich um. Nanu! Bürgermeister Oppen! Er lächelt ihr freundlich zu, und sie findet, daß er an und für sich ein recht stattlich aussehender Mann ist.

»Fahren Sie auch nach Düsseldorf?« erkundigt sie sich.

Nein, das hat er nicht vor. Er ist auch nicht gekommen, um jemanden abzuholen – ganz im Gegenteil! Er möchte jemanden daran hindern, wieder abzureisen.

Regina sieht ihn verwundert an. Welches Interesse kann dieser Mann haben, sie in Reichenberg zu halten?
Er deutet auf ihren Handkoffer. »Nur kleines Gepäck? Wollen Sie am Ende gar nicht endgültig abreisen?«
Sie schüttelt den Kopf. »Ich habe alles gepackt, die Speditionsfirma hat den Hausschlüssel, die Kisten und Möbel werden mir nachgeschickt.«
Aber damit sagt sie ihm auch nichts Neues. Der Spediteur hat ihn angerufen, vom Taxiruf hat Oppen erfahren, welchen Zug sie nehmen will, und da ist er nun. »Sie sehen, ich hab' mir allerlei Mühe gegeben, da sollten Sie mir wenigstens 'ne kleine Chance geben.«
Sie schaut auf die Bahnhofsuhr. »Dann strengen Sie sich an. Sie haben noch fünf Minuten Zeit.«
»Irrtum. Ihr Zug hat eine Stunde Verspätung.«
»Sie scheinen ja wirklich großen Einfluß zu haben?«
»Sie schmeicheln mir! Aber so weit reichen meine Beziehungen nun auch nicht. Die Lok hat Getriebeschaden.«
Damit greift er nach ihrem Koffer und führt sie in den Warteraum des Reichenberger Bahnhofs, einen kleinen, kahlen und unbehaglichen Raum, wo es aber doch etwas angenehmer ist als auf dem zugigen Bahnsteig. Und eine Tasse Kaffee gibt es auch.
Regina fragt sich immer noch, warum ausgerech-

net dem Bürgermeister daran gelegen sein sollte, sie in Reichenberg zu halten.
Er gibt ihr ein Stück Zucker in den Kaffee. »Wenn Sie fortgehen«, erklärt er, »werden fünfhundert Leute arbeitslos.«
»Waaas?«
»Ja. Auf Sie als neue Direktrice hat Ehrlich seine ganzen Hoffnungen gesetzt.«
»Das ist ja wohl der Gipfel!« stöhnt Regina. »Sie zwingen Ihren Bruder, mit seinem Betrieb nach Portugal zu gehen, weil Sie ihm hier die Möglichkeit verwehren, seinen Betrieb auszubauen – und jetzt, plötzlich, soll alles an mir hängen! Das ist doch Hirnriß!«
Sie fürchtet, seine Antwort schon im voraus zu kennen. Vermutlich wird er beteuern, daß er ganz und gar nicht, sein Bruder jedoch in höchstem Maße an allem schuld sei, und bei nächster Gelegenheit wird sein Bruder genau das gleiche Lied singen. Doch sie täuscht sich. Oppen ist nachdenklich geworden.
»Ich sollte Ihnen das erklären«, meint er. »Die Sache zwischen mir und meinem Bruder ist sehr viel komplizierter, als Sie sich das vorstellen können. Ich glaube, sie hat damit angefangen, daß ich ihn im zarten Alter von neun Jahren mal gegen einen glühendheißen Kanonenofen geschubst habe.«
»Und seitdem gibt's Dauerkrieg?«
Er zuckt die Achseln.

»Und ich hab' mir gedacht«, sagt sie, »wenn der eine Bürgermeister ist und der andere der größte Unternehmer der Stadt, läuft alles wie am Schnürchen – ein bißchen Bestechung, ein bißchen Korruption, na schön – aber hier in Reichenberg herrscht doch das reine Chaos! Der eine geht nach Portugal, der andere tritt zurück – und nun schiebt er mir, der kleinen Direktrice, auch noch den Schwarzen Peter zu!«
»Verstehen Sie denn nicht – ich *mußte* zurücktreten!«
»Nein, verstehe ich nicht.«
»Was hätte ich denn tun sollen? Bürgermeister bleiben? In einer bettelarmen Gemeinde? Ohne Ehrlichs Gewerbesteuer sind wir doch auf die mildtätigen Almosen des Landkreises angewiesen.«
»Verdammt noch mal«, fährt sie auf, »dann geben Sie ihm doch sein Bauland, und er bleibt hier!« Etwas leiser fügt sie hinzu: »Ich übrigens auch.«
Er nickt. Wenigstens etwas, denkt er. Und versucht, ihr klarzumachen, daß im Leben, besonders aber in Reichenberg, nicht alles so gradlinig verläuft, wie sich der Mensch das vorstellt. »Es ist wie bei der Eisenbahn, auch da geht nicht alles nach Fahrplan, da gibt es Umleitungen, Verspätungen, und dennoch kann man ans Ziel kommen.«
Sie horcht auf. Aber sie lauscht nicht mehr seinen Worten, sie horcht auf die Geräusche, die vom Bahnsteig herüberdringen: das Rumpeln eines

einfahrenden Zuges, das Knirschen der Bremsen, die Lautsprecherstimme: »Hier Reichenberg«.
»Ist das etwa der Zug nach Düsseldorf?«
Er schaut auf die Armbanduhr. »Donnerwetter, da hat er aber 'ne ganze Menge Verspätung aufgeholt!«
»Bitte einsteigen! Vorsicht am Bahnsteig!«
Sie ist nicht dumm. Sie durchschaut, daß die ›eine Stunde Verspätung‹ glatter Schwindel war.
»Sie haben mich aufs Kreuz gelegt!« Es klingt nicht einmal feindselig, wie sie es sagt.
»Ich hoffe, die Möbel in Ihrem Haus stehen noch?«
»Ja, schon. Aber die Spedition...«
»Die hat Telefon«, unterbricht er. »Wir sagen ihr, es hat noch ein paar Tage Zeit.«
»Aber ich...«
»Sie warten ab und überlegen sich die Sache reiflich.« Er greift nach ihrer Hand. »Kommen Sie! Das Taxi steht draußen.«
»Wo kommt denn das Taxi her?«
»Ich hab' es bestellt. Sie wollen doch nicht zu Fuß gehen«, sagt er mit dem Ausdruck unschuldigster Bescheidenheit, nimmt ihren Koffer und geht voran.
Sie ist so verblüfft, daß sie tatsächlich zu protestieren vergißt.
»Sie haben es sich also überlegt«, sagt sie, als sie im Taxi sitzen. »Sie machen Frieden mit Ihrem Bruder und geben ihm das Bauland?«
»Nun mal nicht so hopplahopp«, dämpft er ihre

Erwartungen. »Alles zu seiner Zeit.« Er sieht sie an. »Selbst wenn ich ihm das Bauland geben wollte – ich könnte es gar nicht. Ich bin nicht mehr Bürgermeister.« Er atmet tief durch. »Obwohl ich zugeben muß, daß ich es ganz gerne bliebe.« Er schaut gedankenvoll zum Fenster hinaus und redet langsam, fast träumerisch weiter: »Ich habe da so eine Vision... eine Vorstellung, wie so eine kleine Stadt funktionieren könnte, ohne daß die Menschlichkeit flöten geht, ohne daß die Minderheiten und die Schwachen ausgegrenzt werden, ohne daß die Menschen immer mehr vereinsamen.« Er sieht sie an, merkt, daß sie aufmerksam zuhört. Das tut ihm gut.

»Sehen Sie«, fährt er fort, »ich habe ein festes Bild davon, wie meine Stadt sein sollte. Ich glaube, ich werde das nie ganz verwirklichen können – aber wenigstens halbwegs, verstehen Sie, das wäre schon eine ganz schöne Sache. Und wenn man das dann lange genug macht, lernt man ganz nebenbei auch so etwas wie – Bescheidenheit.« Lächelnd reißt er sich aus seinen Gedanken. »Das darf man allerdings nicht zeigen.«

Sie schaut ihm in die Augen. Lächelt zurück. »Ich finde, daß Ihnen das ganz gut gelingt.«

Klara Oppen wäre nicht die Tochter ihres Vaters und eine energische, strebsame junge Dame dazu, wenn sie ihre Probleme nicht zielstrebig zu lösen versuchte.

Schon am frühen Morgen, kurz nach Geschäftsbeginn, erscheint sie im Büro ihres Onkels Otwin, begrüßt ihn überschwenglich, plaziert ihren Po auf seiner Schreibtischkante und gibt in fröhlicher Unschuld vor, Sehnsucht nach ihm zu verspüren.
»Hilf Himmel!« Ehrlich bemerkt natürlich sofort den Pferdefuß. »Was willst du wirklich, Kind? Schickt dich dein Papa, oder willst du mich anpumpen?«
»Nichts von beidem!« Sie lacht ihm in die Augen. »Onkel Otwin, du hast immer behauptet, ich sei deine Lieblingsnichte.«
Otwin grient. »Das läßt sich nicht abstreiten. Besonders, da du meine einzige Nichte bist.«
»Also wirst du mir auch einen Gefallen tun.«
»Ach, meinst du?«
»Weil du mein Lieblingsonkel bist, auf den ich nicht verzichten will.«
»Mit anderen Worten?« Ehrlich runzelt die Stirn. Er spürt, der Pferdefuß wird immer größer.
»Bleib hier in Reichenberg!« Ehe er etwas einwenden kann, plappert sie weiter: »Sieh mal, das spart dir doch 'n Haufen Unkosten, und all die Unbequemlichkeiten, so 'ne Betriebsauslagerung, die geht doch nicht ohne Scherben ab, Oma wäre auch ganz unglücklich, so ganz ohne Sohn, und die Telefonkosten, denk doch nur, wenn ich mal mit dir plaudern will, das geht ins Unermeßliche ...«
Ehrlich lacht. »Ich kratze dir die Augen aus, wenn

du mir nicht *sofort* sagst, was wirklich dahintersteckt!«
»Ich liebe Siggi Stuckwitz.«
»Du große Güte!«
»Und wenn der nun mitgeht in die Ferne, in dieses Portugal, und das hat er vor, dieser Clown, dann ist mein Lebensglück total im Eimer. Ehrlich!«
Ihr Onkel faßt nach ihrer Hand. »Weißt du, Kind, ein junger Mensch wie du muß flexibel bleiben. Warum willst du dich an einen solchen Faxenmacher binden?«
»Weil ich ihn liebe.«
»Wer's glaubt!«
»Wir wollen sogar heiraten.«
»Tatsächlich?«
»Vielleicht.«
»Aha.«
Klara sieht ihn aus großen, bittenden Augen an. »Und nun liegt mein Schicksal in deinen Händen.«
Ehrlich steht auf, geht ein paar Schritte im Zimmer auf und ab. Was soll er machen? Er liebt seine Nichte. Er will ihr nicht weh tun. Aber immerhin ist sie auch die Tochter seines Halbbruders, also darf er ihr gegenüber seine Position nicht aufgeben. Mit vorsichtigen Worten weist er darauf hin, daß nichts auf der Welt so heiß gegessen wie gekocht werde, daß es andererseits aber auch zwingende Unausweichlichkeiten gebe, denen sowohl er, Otwin Ehrlich, wie auch Siggi Stuckwitz und Klara sich beugen müßten.

»Schau, solange dein Papa darauf besteht, das Bürgermeisteramt aufzugeben, *muß* ich abwandern.« Mit Leidensmiene fügt er hinzu: »So sehr mir das Herz auch schmerzt.«
Natürlich merkt Klara den falschen Unterton, aber sie kann ihn nicht deuten. »Na, dann«, meint sie zögerlich, »könntest du vielleicht...«
»Was könnte ich?«
»Mir zuliebe...«
»Was könnte ich dir zuliebe?«
»Den Siggi Stuckwitz feuern.«
»Waas?«
»Ja. Entlassen. Rausschmeißen. Bevor du nach Portugal gehst. Der ist tüchtig genug. Der findet schnell einen neuen Arbeitsplatz. Hauptsache, er bleibt hier!«
So, jetzt ist's raus. Sie rutscht von der Schreibtischkante herunter, gibt ihrem Onkel einen flüchtigen Kuß und trippelt hinaus.
Ehrlich kratzt sich am Kopf. Irgendwie, so meint er, wäre es Zeit, sich mal ein bißchen mit seinem Bruder auszusprechen.

Auch Heinrich Oppen denkt so. Aber es liegt nicht in der Natur der beiden streitbaren Brüder, nun den einfachen Weg zu wählen, zum Telefon zu greifen und einen Termin zu vereinbaren.
Beide wissen, daß auch der Bruder sich an jedem Dienstagmorgen auf dem Joggingpfad am Stadtrand trimmt. Man müßte es nur so einrichten, daß

man sich irgendwo zufällig trifft. Jawohl – zufällig! Der andere darf ja nicht merken, daß man ein Gespräch mit ihm sucht.
Dieser Wunsch nach Zufälligkeit ist die Ursache dafür, daß sie zunächst überhaupt nicht zusammenkommen. Denn beide warten auf verschiedenen Plätzen des Trimmpfades darauf, daß der andere eintrudeln möge. Erst als sie die Hoffnung aufgegeben haben und heimjoggen wollen, treffen sie sich. Und nun wirklich zufällig.
Sie trocknen sich den Schweiß von der Stirn, dann setzen sie sich langsam in Bewegung, traben im Zotteltempo nebeneinander her, versichern sich, daß das Wetter gut sei, obwohl der Wetterbericht nichts Günstiges versprochen habe, und was man so sagt, bevor man zur Sache kommt.
Heinrich Oppens Frage kommt dann ziemlich unvermittelt: »Was ist jetzt mit Portugal? Gehste oder gehste nicht?«
»Und du?« fragt Ehrlich zurück.
»Ich habe mich fest entschieden«, behauptet Oppen. »Du dagegen kündigst nur Entscheidungen an.«
»Du lügst doch!«
»Und du bescheißt!«
»Du hast's nötig!« empört sich Ehrlich. »Ich sage nur ein Wort: Kemper!«
Das alarmiert Oppen. Er schaut seinen Bruder argwöhnisch an. »Das kann doch nicht dein Ernst sein, daß du jetzt damit kommst!«

Ehrlich feixt zufrieden. »Kemper hat in die Kasse gelangt, du hast es erfahren und hast ihn gedeckt. Das genügt!«
Oppen bleibt stehen. »Ich Idiot!« knurrt er und schlägt sich mit der flachen Hand vor die Stirn. »Ich bin ein Hornochse! Ich hätte wissen müssen, daß du imstande bist, sogar daraus noch Kapital zu schlagen! Einmal – ein einziges Mal! – hab' ich dir was anvertraut!«
Ehrlich ist auch stehengeblieben. »Ich sage dir, das bricht dir das Kreuz! Es sei denn ...«
»Es sei denn was?«
»Es sei denn, du bleibst Bürgermeister.«
Oppen schüttelt den Kopf. »Das ist bereits abgemachte Sache. Wipperfürth wird neuer Bürgermeister. Ich privatisiere, ich züchte Rosen und ziehe Tomaten. Basta.«
Ehrlich blickt finster. »Ich kriege dich! Diesmal hast du zu viele Fehler gemacht.«
»Aber nicht mit Kemper! Da läuft nichts.«
Ehrlich schüttelt langsam, drohend den Kopf. »Wart's ab, Hinner, wart's ab!«
»Du hast zwar einen schlechten Charakter, Otwin.« Oppen mustert seinen Bruder von Kopf bis Fuß. »Aber das allein reicht nicht.«
Er wendet sich um und joggt davon.

Alwin Wipperfürth sitzt an seinem Schreibtisch. Versonnen schaut er auf das Weinglas in seiner

Hand und träumt von der herrlichen Zukunft: Nicht mehr lange wird er in diesem lausigen Büro im Seitenflügel des Rathauses sitzen, bald schon wird er seinen neuen Platz einnehmen, vorne im Bürgermeisterzimmer. Er hätte auf diese Ehre nie zu hoffen gewagt, aber was will man machen? So rollt nun mal der Gummiball.

Es klopft an die Tür.

Erschrocken läßt er das Weinglas samt Flasche im Seitenfach des Schreibtisches verschwinden und ruft tranig: »Herein!«

Zu seiner Überraschung erscheint Otwin Ehrlich, der sich müht, mit einem betont freundlichen Gesicht gute Laune vorzutäuschen.

Wipperfürth macht Ansätze, sich respektvoll zu erheben, entsinnt sich dann aber seiner neuen Würde als designierter Bürgermeister und senkt seinen Hintern wieder. »Ja, bitte?« fragt er mürrisch.

»Guten Tag, Herr Wipperfürth!«

Der setzt noch einen drauf: »Eigentlich sind jetzt keine Sprechzeiten.«

Ehrlich nimmt es gefaßt zur Kenntnis und setzt sich auf den Besucherstuhl. »Wie ich höre«, beginnt er, »kandidieren Sie für das Amt des Bürgermeisters?«

»Ganz richtig. Man hat mich vorgeschlagen, und ich darf sagen, nicht irgendwer hat mich vorgeschlagen ...«

»Ja, ja«, unterbricht Ehrlich, »mir geht es ja nur

darum, daß Sie, mein Lieber, nicht Opfer eines schäbigen Komplottes werden.«
Der dicke Wipperfürth räkelt sich mit Stolz in seinem Stuhl zurecht. »Zum Glück ist unsere Gemeindeverfassung so geartet, daß sie irgendwelche Machenschaften ausschließt.«
Ehrlich überhört es. Er blickt Wipperfürth in die wäßrigen Augen. »Sagen Sie, mein Bester, haben Sie eigentlich schon mal an eine Karriere in der Wirtschaft gedacht?«
»Ich? Nee!« antwortet Wipperfürth. »Im übrigen gibt es nichts, was mich dafür qualifizieren würde.«
Diese überraschende Aufrichtigkeit verschlägt Ehrlich zunächst die Sprache. »Aha, jaja«, murmelt er und setzt dann von neuem an: »Ich will es mal anders ausdrücken: Der Firma Ehrlich wäre es durchaus etwas wert, wenn Sie sich bereit fänden, auf Ihre Kandidatur zu verzichten.«
Das verwundert Wipperfürth. »Sie wollen doch nicht etwa selber Bürgermeister werden?«
Ehrlich lacht. Auf die Idee wäre er zu allerletzt gekommen. »Ganz gewiß nicht.«
»Dann geht's also um eine Intrige«, mutmaßt Wipperfürth. »Sie wollen mich kaufen?«
»So würde ich das nicht nennen. Ich sag's frei heraus: Ich habe ein gewisses Interesse daran, daß Herr Oppen in seinem Amt bleibt.«
»Sie meinen, wenn ich verzichte?«
»Und ich lasse mich das auch was kosten«, betont

Ehrlich. »Ich bin da nicht kleinlich. Sagen Sie mir Ihren Preis!«
Wipperfürth sitzt starr auf seinem Schreibtischstuhl. Allmählich sickert die Wahrheit in seinen dicken Kopf hinein, und er beschließt, sich empört zu zeigen: »Ich verbitte mir solche schmutzigen Versuche, einen Gemeindebeamten, der zudem das künftige Stadtoberhaupt sein wird, bestechen zu wollen! Verbitte mir das!«
»Aber mein Lieber, nun lassen Sie mal die Kirche im Dorf!«
Doch Wipperfürth hat seine Linie gefunden. Wie ein Schulmeister klopft er mit dem Zeigefinger auf die Tischplatte. »Und die Vetternwirtschaft zwischen Ihnen und Ihrem Herrn Bruder hat nun auch ein Ende! Wurde ja, weiß Gott, auch Zeit.«
Das ist ein bißchen viel für den ohnehin nicht sehr duldsamen Ehrlich. »Ich warne Sie, Wipperfürth, ich warne Sie!«
Doch der weist mit großer Geste auf die Tür. »Raus hier! Verlassen Sie mein Büro. Oder ich hole die Polizei!«
»Herr Wipperfürth ...«
Der bebt vor Zorn. »Oder ich übergebe die Sache gleich dem Staatsanwalt. Beamtenbestechung in erschwerter Form!«
Endlich erhebt sich Ehrlich. Er geht zur Tür. Dort wendet er sich noch einmal um. »Soll ich Ihnen was sagen, Herr Wipperfürth?«
»Danke, ich verzichte.«

»Sie sind noch dämlicher, als ich gedacht habe.«
Er grüßt mit heuchlerischer Höflichkeit und knallt die Tür hinter sich ins Schloß.
Draußen verweilt er einen Moment. Atmet tief durch. Verdammt, so hat er sich diese Unterredung nicht vorgestellt!
Gerade als er sich, mies gelaunt, auf den Heimweg machen will, geht Stadtdirektor Willat emsigen Schrittes den Korridor entlang. Als er Otwin sieht, stockt er und kommt dann geradewegs auf ihn zu. Auch das noch! Ehrlich kann den sehnigen, kleinen Stadtdirektor nicht leiden.
»Das ist ja'n Zufall, Herr Ehrlich! Gut, daß ich Sie treffe!«
Ehrlich kann sich nicht vorstellen, was daran gut sein soll. »Tag, Herr Stadtdirektor! Irgendwelche Probleme?«
»Es wird Ihnen wohl nicht entgangen sein, daß sich in Reichenberg Veränderungen anbahnen...«
»Wenn Sie damit meinen, daß ich eventuell meinen Betrieb verlagern will...«
»Nein, das meine ich nicht«, erwidert Willat betont freundlich, »obwohl mir das die Sache erheblich erleichtert.«
»Die Sache? Welche Sache?«
»Es gibt da noch etwas zu klären«, antwortet Willat, und während sie gemeinsam den Flur entlanggehen, fährt er fort: »Es hat hier unbestritten ein gewisser Schlendrian geherrscht. Herr Oppen hat

manches ...« Er läßt den Satz in der Luft hängen und schmunzelt dann konziliant: »Na ja, wir kennen ihn ja alle. So bleibt es nun an mir hängen, Ihnen mitzuteilen, daß die Lagerhalle jetzt definitiv abgerissen werden muß, die Sie südlich der Ehrlich-Werke errichtet haben ...« Er hebt den Zeigefinger. »Ohne Baugenehmigung, wie ich betonen möchte.«
Ehrlich ist total überrumpelt. »Was?« faucht er. »Sind Sie verrückt geworden? Da lagern Textilien im Wert von über zehn Millionen Mark!«
Willat zeigt zwei Reihen gelber Zähne. »Was wollen Sie denn? Sie räumen ja sowieso demnächst das ganze Gelände. Für die Lagerhalle setze ich Ihnen einen Termin zum 31. des Monats.«
Ehrlich steht wie versteinert. »Es gibt seit zwei Jahren ein stillschweigendes Einvernehmen.«
»Es *gab*!« berichtigt Willat. »Eine gewisse behördliche Nachsicht, wenn ich mich mal so ausdrücken darf.« Er nickt Ehrlich zum Abschied zu, will sich in die andere Richtung entfernen, tut dann aber so, als fiele ihm gerade noch etwas ein. »Ach ja! Was den Neubau auf der Apfelwiese betrifft – den können Sie sich aus dem Kopf schlagen, schon wegen der denkmalgeschützten Kapelle und dem Ahorn, der unter Naturschutz steht. Gell?«
Noch einmal zeigt er, höflich lächelnd, seine gelben Zähne und stiefelt mit staksigen Schritten davon.
Ehrlich ballt wütend die Faust hinter ihm.

Dann steckt er die Faust in die Tasche.
Gut, denkt er, ich kann Willat nicht ausstehen, er ist eine Ratte! Aber soviel Hinterhältigkeit bringt der allein nicht auf! Nie! Da steckt bestimmt wieder mein Bruder dahinter! Oder?

Heinrich Oppen freut sich, nach Hause zu kommen. Der Garten sieht propper und ordentlich aus. Die Rosen sind geschnitten, das Laub ist gerecht, Mutter Oppen versorgt eben nicht nur den Haushalt mit größter Akkuratesse, sondern hält auch den Garten in peinlicher Ordnung. Sie begrüßt ihn mit dem üblichen Tadel, daß er wenigstens hätte anrufen können, wenn er später heimkomme; sie habe schließlich alle Hände voll zu tun, er hingegen sei nur Bürgermeister.
Kurz darauf kommt auch Klara, die Familie ist komplett, man kann sich zu Tisch setzen.
Es schmeckt.
»Na, Papa«, fragt Klara. »Wie war denn nun dein Rendezvous?«
Oppen versteht nicht.
»Was denn für ein Rendezvous?« fragt seine Mutter.
Und Klara grinst: »Das mit der hübschen Direktrice von Onkel Otwin. Die Frau ist wirklich eine Schau!«
Mutter Oppen sieht ihren Sohn erstaunt an, der blickt verwundert auf seine Tochter.
»Woher weißt du denn das nun schon wieder?«

»Das weiß doch schon jeder.«
Oppen hält es für opportun, das Thema zu wechseln. »Vielleicht reden wir besser mal über deine Rendezvous mit diesem Schürzenjäger Stuckwitz.«
»Schürzenjäger?!« empört sich Klara.
»Das weiß doch schon jeder«, gibt er zurück.
»Hinner!« mahnt Frederike Oppen, »misch dich da mal lieber nicht ein!«
Oppen lacht hell auf. Zu Klara gewandt, erklärt er: »Deine Großmutter hat früher meine Schuhsohlen untersucht, um rauszukriegen, wo ich mich mit wem getroffen habe. Das war die Zeit, wo hier noch nicht alles asphaltiert war.«
Er ißt mit Genuß.
Auch der kleinen Klara schmeckt es. »Na und?« fragt sie nach einer Weile. »Wie ist sie denn nun so, Onkel Otwins hübsche Abgesandte?«
Oppen nickt. »Schön, klug, charmant, witzig und ehrlich.«
»Ehrlich?«
Klara lacht, seine Mutter lacht, beide sind der Meinung, daß sich Heinrich Oppen in den Strikken einer weiblichen Fallenstellerin verfangen hat.
»Du verstehst wirklich nichts von Frauen!«
»Die benutzt dich doch nur!«
»Was für ein Unsinn!« Oppen guckt von einer zur anderen. »Wozu, bitte, sollte Frau Stern mich wohl benutzen?«

»Ist doch logisch!« ruft Klara. »Um Onkel Otwin eifersüchtig zu machen! Uralte Frauenstrategie!«
Es klingelt.
»Oh, das wird für mich sein«, glaubt Klara und geht zur Tür.
Sie weicht erschrocken zurück. Wie ein Tatarensturm fetzt ihr Onkel Otwin über die Schwelle, rennt ohne Gruß an ihr vorbei ins Wohnzimmer, stürzt auf seinen Bruder zu. »Wenn du meinst, du kannst mich mit deinen tückischen Schikanen in die Knie zwingen, dann ...«
»Möchtest du einen Tee?« Mutter Oppen versucht, Öl auf die Wogen zu gießen.
Aber Otwin läßt sich nicht beschwichtigen. »Bis zum Ende des Monats die Lagerhalle abreißen!« faucht er seinen Bruder an. »Das ist Terror! Terror ist das! Eine hinterhältige Attacke auf das freie Unternehmertum!«
»Moment mal!« fällt ihm Heinrich ins Wort. »Wer sagt denn, daß du deine Lagerhalle abreißen sollst?«
»Der Willat sagt das.«
Jetzt demonstriert Heinrich Oppen wieder einmal die große Kunst des Bluffs und der Verstellung. »Ja, ist denn das die Möglichkeit!« Seine Stimme bibbert vor energiegeladener Empörung. »Wie kommt der dazu?« Und treuherzig: »Da gibt's doch eine stillschweigende Vereinbarung zwischen dir und mir!«
»Trotzdem stellt mir Willat ein Ultimatum.«

»Ja, so was! Aber damit habe ich nichts zu tun! – Jedenfalls nicht direkt.«
»Was soll denn das nun wieder heißen?«
»Ja, Otwin, das mußt du verstehen", antwortet sein Bruder mit bedauernder Milde. »Wenn einer aus dem Amt ausscheidet, der souverän und sicher die Dinge gelenkt hat, leben sofort die Kleingeister auf.«
»Ja«, bestätigt Mutter Oppen, »die Katze ist aus dem Haus, und schon tanzen die Mäuse auf dem Tisch. Das wäre bei dir im Betrieb auch nicht anders.«
Otwin Ehrlich schaut irritiert von der einen zum anderen. Er ist sich nicht ganz sicher, ob Heinrich möglicherweise wirklich nichts damit zu tun hat. Erst als dieser ihm mit listiger Zutraulichkeit versichert, daß er, Otwin, ihn ja gezwungen habe, sein Amt aufzugeben, durchschaut er ihn vollends.
Doch er tobt nicht, er schimpft nicht, er lächelt sanft, beugt sich zu seiner Mutter und lädt sie – ganz der liebenswerte Sohn – für den nächsten Sonntag zu einem Wildspezialitäten-Festmenü in der »Taube« ein. Als Klara fragt, ob sie mitkommen dürfe, streichelt er sie und sagt »Natürlich, mein Schatz«, und seine Stimme klingt pflaumenweich. Man könnte glauben, die ›heile Welt‹ habe sich plötzlich über die Familie gestülpt.
Oppen kennt diese Taktik. »Ach, weißt du«, sagt er genauso lakritzfreundlich, »ich glaube, es wäre ganz gut, wenn du doch nach Portugal gehst. Aber

leg deine Hauptverwaltung nach Bayern. Dort regieren die Schwarzen, mit denen kannst du Schlitten fahren.« Und er lächelt wie ein Pfarrer nach Erteilung der Kommunion.
Ehrlich erwidert das Lächeln. Herzlich und lieb. »Nun mach ich dich fertig, Bruderherz. Wenn du nicht Bürgermeister bleiben willst, gehst du eben in den Knast.« Und als verspräche er ihm ein Marzipanschweinchen: »Jetzt spiele ich die Karte Kemper aus.«
Damit geht er, freundlich grüßend, hinaus.
Seine Mutter nickt anerkennend. »Wie es aussieht, seid ihr beide heute recht gut in Form.«

Am nächsten Tag macht Heinrich Oppen einen Besuch im Rathaus, und zwar in der kleinen Kammer, die Alfons Kemper als Arbeitsraum dient.
Der Mann tut ihm leid. Er hat schwere Zeiten hinter sich. An sich ist Kemper die Redlichkeit in Person. Als aber vor einigen Jahren seine Frau schwer erkrankt war, hatte er 8000 Mark aus dem Spendenfonds der Stadt ›abgezweigt‹, um die enormen Zusatzkosten für ihre Behandlung aufbringen zu können. Oppen hat davon erfahren und sogleich den Mantel des Stillschweigens darüber gebreitet, um Kemper eine Chance zu geben. Nun, darüber ist Zeit vergangen, Kemper hat sein Bestes getan und mittlerweile schon 7500 Mark zurückgezahlt, aber das ändert nichts

an der Tatsache, daß er eine Unterschlagung im Amt begangen und daß Oppen diese gedeckt hat.
Nun sitzen die beiden zusammen, bei einer Flasche billigen Rotweins, den Kemper aus dem Regal genommen hat, und beratschlagen, was sie in dieser mißlichen Lage tun können.
Kemper trägt sein zu erwartendes Schicksal mit Fassung. »Ich habe das ja alles kommen sehen.«
Jetzt, da Oppen nicht mehr Bürgermeister ist, wird die Sache auffliegen, und er, Kemper, will voll dafür geradestehen. »Ich habe geklaut, ich ziehe die Konsequenzen«, sagt er gefaßt.
Er hat auch schon Vorsorge dafür getroffen, daß Oppen nicht mit in den Strudel hineingezogen wird.
»Sie haben so viel für mich getan, Herr Bürgermeister«, sagt er, »daß Sie am Ende nicht auch noch in Kalamitäten kommen sollen.«
Kemper hat eine eidesstattliche Versicherung vorbereitet, in der er seine Tat zugibt und ausdrücklich bescheinigt, daß Herr Bürgermeister Oppen von diesem Verbrechen nie etwas gewußt habe.
»Das finde ich aber mächtig anständig von Ihnen!« sagt Oppen und trinkt dem kleinen Mann zu.
»Das ist doch das mindeste, was ich tun kann«, erwidert Kemper und hebt ebenfalls sein Glas. »Und nochmals vielen Dank für alles!«
Oppen schüttelt den Kopf. »Der Dank, Kemper, der ist ja wohl nun an mir!«
Und sie trinken beide ihre Gläser leer.

Die Herbstsonne scheint auf eine buntgewürfelte, fröhliche Gesellschaft, die sich vor dem Rathaus von Reichenberg versammelt hat. Der kleine Platz ist proppenvoll, alles, was Beine hat, scheint gekommen zu sein. Der Schützenverein ist aufmarschiert, der Schulchor singt ein Ständchen, die Feuerwehrkapelle läßt ihre Instrumente blinken, natürlich ist der Stadtrat vollzählig erschienen, keiner mag bei dem wichtigen Ereignis fehlen. Es gibt Freibier, Rostbratwurst und türkischen Honig, die Spedition Sänger hat Luftballons gestiftet, und auch die Schwärme von Wespen freuen sich auf ein Festmahl. Man feiert die Einweihung des renovierten, 600 Jahre alten Marktbrunnens, und jeder fühlt, daß man stolz auf dieses städtische Denkmal sein kann. Frisch sieht der Brunnen aus, bronzeblinkend und fast wie neu.
Nachdem die Schulkinder das von Rektor Timmermann eigens für diesen Anlaß komponierte und von ihm selbst einstudierte Festlied »Wasser, du der Freude Born« zu Ende geträllert haben, tritt der Herr Landrat ans Rednerpult und hält eine gewichtige Ansprache, in der viel von der Bedeutung des sprudelnden Wassers als Symbol von Lauterkeit und Reinheit die Rede ist.
In der Nähe des Freibierstandes stehen die Brüder Oppen und Ehrlich scheinbar in trautem Gespräch – in Wahrheit ist nur die nächste Runde ihres stillen Hahnenkampfes eingeläutet worden.

Mit keckem Lächeln reicht Oppen seinem Bruder ein Stück Papier. »Da, lies mal!«
Der wirft einen Blick darauf. »Dein Redemanuskript? Was soll ich damit?«
Oppen holt schnell ein anderes Blatt aus der Tasche: die eidesstattliche Versicherung von Alfons Kemper, aus der hervorgeht, daß Oppen keineswegs von dessen Machenschaften unterrichtet war. Ehrlich überfliegt die Zeilen und bekommt urplötzlich das Gefühl, als rutsche ihm der Boden unter den Füßen weg. Natürlich spürt er, daß auch das wieder nicht mit rechten Dingen zugeht, aber was soll er machen? Sein Pulver ist naß, er hat nichts mehr in der Hand, womit er seinen Bruder unter Druck setzen könnte.
»Und nun, meine Damen und Herren«, hört er den Landrat reden, »wird Ihr ehemaliger Bürgermeister, Herr Heinrich Oppen, einige Worte an Sie richten.«
»Überleg dir gut, was du jetzt tust«, sagt Oppen, nimmt seinem Bruder das Blatt Papier aus der Hand und geht zum Rednerpult. Auf dem Weg dorthin kommt er an Regina Stern vorbei und zwinkert ihr so fröhlich zu, daß sie unvermittelt aus ihren Gedanken aufschreckt. Alle Wetter, was geht hier vor?
»Verehrter Herr Landrat, Herr Bischof, meine Damen und Herren vom Stadtrat, liebe Reichenberger Mitbürger!« will Heinrich Oppen zu seiner Ansprache ansetzen – und merkt eben noch recht-

zeitig, daß er statt seines Redemanuskriptes Kempers eidesstattliche Versicherung in Händen hält. Er stockt einen Moment, lacht dann in die Runde und spricht frei weiter: »Ach, was soll ich schöne Worte machen, wo mein verehrter Vorredner, der Herr Landrat, schon so viel schönere gefunden hat. Aber bei dieser Gelegenheit, so meine ich, sollte ich doch ... ähm ... die Gelegenheit nützen, um einem der wichtigsten Bürger der Stadt ... ähm ... Gelegenheit zu geben, eine Frage zu klären, die sicherlich vielen Reichenbergern am Herzen liegt ...«
Er schaut auf. Direkt in die Augen seines Bruders. Es ist wie der letzte Blick, den ein Metzger mit dem Schlachtochsen wechselt. Nur ist nicht ganz sicher, wer hier der Metzger und wer der Ochse ist.
»Mein lieber Otwin Ehrlich«, fährt der Bürgermeister fort, »bleibt es denn nun bei deinem Plan, mit dem gesamten Werk die Stadt Reichenberg zu verlassen?«
Erwartungsvolle Stille. Ein kleines Mädchen, das wispernd zur Kenntnis gibt, daß es Pipi machen muß, wird wütend stillgezischelt. Alles sieht zu Ehrlich, wartet gespannt auf seine Antwort.
Der hebt die Stimme, begrüßt den Landrat, den Bischof, die Mitglieder des Stadtrats und all die lieben Reichenberger Mitbürger. Während er dies in epischer Breite tut, entwickelt sein alarmierter Geist den Gegenangriff, schnell, bissig und präzise: Er habe, so führt er aus, vor einiger Zeit

erfahren, daß sein lieber Bruder die Absicht habe, sein Amt niederzulegen. Das, und allein das, habe ihn bewogen, seinen Wegzug aus Reichenberg in Erwägung zu ziehen. Denn sein Bruder, Heinrich Oppen, so ruft er begeistert, sei der beste Bürgermeister, den man sich nur wünschen könne...

Nach dieser Eloge geht er den Reichenbergern mit gutem Beispiel voran, indem er eifrig clap-hands macht, worauf auch die Bürger ihrem ehemaligen Oberhaupt Beifall spenden. Sogar der Herr Landrat applaudiert. Nur der dicke Wipperfürth blickt betreten in die Runde.

»Sollte der Herr Bürgermeister«, fährt Otwin lauttönend fort, »jedoch in sein Amt zurückkehren, wäre für mich Anlaß genug gegeben, mein Werk im schönen Reichenberg zu belassen und sogar weiter auszubauen!« Erneuter Blickwechsel zwischen Metzger und Ochse. »Nun, lieber Heinrich, was sagst du dazu?«

Der liebe Heinrich sagt erst mal gar nichts. Mühsam produziert er ein Lächeln, während ringsum hoffnungsfrohe Blicke auf ihn gerichtet sind. Er rettet sich in leutseliges Pathos und führt aus, daß er zum Wohle der Stadt, der Gemeinde und der Bürger seinen aus privaten Gründen gefaßten Entschluß rückgängig zu machen bereit wäre, vorausgesetzt... Mahnend hebt er die rechte Hand. »Vorausgesetzt, die Ehrlich-Werke bleiben definitiv in unserem geliebten Reichenberg!«

Ping-pong, der Ball ist wieder bei Otwin.

Der faltet die Hände vor der Brust. »Nachdem mir der Herr Bürgermeister in einem privaten Gespräch genügend Bauland zur Erweiterung meines Betriebes zugesagt hat... « Er stockt, faßt seinen Bruder fest ins Auge. »Und dabei bleibt's doch wohl, lieber Heinrich?«
Ping-pong, der Ball ist bei Heinrich.
»An mir soll's nicht liegen«, sagt dieser. Widerstrebend zwar, aber er sagt's. »Mein Einverständnis hast du.«
Otwin Ehrlich nickt, breitet die Arme weit aus. »Dann, liebe Reichenberger, fällt es mir nicht mehr allzu schwer – ach, was sage ich: Ich bin glücklich, mein Werk in dieser schönen Stadt belassen zu können!«
Der Jubel ist groß. Heinrich Oppen verzichtet auf die Fortführung seiner Ansprache, die Feuerwehrkapelle improvisiert einen Tusch, alles redet und rennt durcheinander, Stadtdirektor Willat schreitet zum feierlichen Anstich des Freibieres, und Rektor Timmermann hält es für angebracht, den Schülerchor zu neuem Singsang zu animieren. »Wenn alle Brünnlein fließen«, jubilieren die Jungen und Mädchen, und keiner hört hin.
Unterdessen ist Oppen zu Alfons Kemper getreten. Er zieht die eidesstattliche Versicherung aus der Tasche, zerreißt sie in kleine Stücke und steckt die Schnitzel in Kempers Jackentasche. »Das wäre wohl damit erledigt, hm?«
Kemper drückt ihm dankbar die Hand.

Oppen blickt sich um. Aha, dort steht sein Bruder, neben ihm der Landrat, der ihm, ein Bierglas in der Hand, zu seinem Entschluß gratuliert.
Auf zum letzten Gefecht, denkt Oppen und gesellt sich dazu. »Ach, Herr Landrat, jetzt müssen wir baldigst noch mal über die Erschließung der Gemarkung Südende für neue Industrieaktivitäten sprechen. Da ist ja wohl ein kleiner Finanzzuschuß des Kreises fällig, nicht wahr?«
Ehrlich fährt entsetzt herum. »Wieso Südende? Ich bekomme die Apfelwiese. Das hast du mir eben noch zugesagt!«
»*Bauland* habe ich dir zugesagt«, korrigiert Oppen, »genügend Bauland. Von der Apfelwiese war keine Rede. Du bekommst das Südende.«
Der Landrat lächelt jovial. »Ja, so ist es abgemacht.«
»Wie bitte?« staunt Ehrlich.
Oppen erklärt: »Der Herr Landrat und ich haben die Erschließung schon vor drei Monaten besprochen. Da können wir jetzt nicht einfach alles umwerfen und die Apfelwiese erschließen.«
Der Herr Landrat nickt bestätigend. »So ist es.«
Ehrlich fühlt sich unendlich verkohlt. »Aber das Südende kostet mindestens das Dreifache!«
»Ja, ja«, bestätigt Oppen sanftmütig, »das kann hinkommen.«
»Himmel, Arsch und Zwirn!« zischelt Ehrlich. »Ich ärgere mich jetzt schon, daß ich nicht ernst gemacht habe mit der Betriebsverlegung!«

»Ja, schade«, nickt Oppen. »Ich hätte da nämlich 'ne Firma gehabt, die dein ganzes Anwesen aufkaufen und ab Dezember hier produzieren wollte.« Mit dieser Bemerkung handelt er sich einen neuen Metzgerblick ein. »Das ist doch erstunken und erlogen!« knurrt Ehrlich.

»Das mag schon sein«, grinst Oppen. »Aber verlassen würde ich mich an deiner Stelle nicht darauf.« Die Feuerwehrkapelle spielt mit Schnätterätäng: ›So schön wie heut, so müßt es bleiben‹, und Oppen kommt endlich dazu, sich mit einem Freibier zu stärken.

II

Banane gegen Kokosnuß

»Da sehen Sie mal wieder, was für ein Dreckskerl mein Bruder ist!«
Ehrlichs Entrüstung ist nicht gespielt, sie ist echt. Er hat Regina Stern zum Essen eingeladen – um ihren Entschluß, nun doch in Reichenberg zu bleiben, ein wenig zu begehen, wie er behauptet hat. In Wahrheit sucht er natürlich nichts anderes als die Gelegenheit, der schönen Regina etwas näherzukommen. Keines von beidem will ihm so recht gelingen. Zu sehr hockt ihm noch die Wut über Oppens letzten Schachzug im Nacken.
Sie sitzen an einem Nischentisch in ›Gildehaus‹, dem teuersten Restaurant am Ort. Er will Regina doch zeigen, daß man in Reichenberg nicht hinterm Mond lebt, sondern eine vornehme Eßkultur pflegt. Den Tisch hat er hübsch eindecken lassen, ein Blumengesteck, zwei Kerzen, richtig gemütlich, er hat Aperitifs bestellt, die Menükarte kommen lassen und Regina aufgefordert, in aller Ruhe zu wählen. Der Chefkoch sei vorzüglich und könne

selbst dem verwöhntesten Geschmack gerecht werden. So weit, so gut.
Da sitzen sie nun, in die Speisekarten vertieft, Regina schwankt zwischen Zanderfilet und Wildschweinrücken, da tönt dieser Satz aus ihm heraus: »Da sehen Sie mal wieder, was für ein Dreckskerl mein Bruder ist!«
Sie blickt überrascht auf. »Wie kommen Sie denn jetzt darauf?«
»Er hat mich gelinkt. Auf übelste Weise! – Aber vergessen wir das. Wir wollen uns jetzt nicht den Appetit verderben lassen. Als Vorspeise kann ich Ihnen Lachsroulädchen surprise empfehlen.«
»Gut, ich laß mich überraschen.«
»Und? Haben Sie ein Hauptgericht gewählt?«
»Ich bin noch nicht ganz schlüssig.«
»Suchen Sie in Ruhe aus, wir haben Zeit.« Er schaut in die Karte und brummt: »Diese schöne Stunde soll uns dieser Misthund nicht vermiesen!«
»Sie sprechen von Ihrem Bruder?«
»Von meinem Halbbruder, darum möchte ich bitten!«
Sie legt die Speisekarte beiseite. »Warum haben Sie beide bloß immer Streit miteinander?«
»Na, hören Sie mal!« Ehrlich scheint die Frage gar nicht zu verstehen. »Haben Sie denn nicht mitbekommen, wie hinterhältig der ist? Der läßt mich kaltherzig ins offene Messer rennen. Er verspricht mir den Baugrund, ich versichere ihm in aller Öffentlichkeit – *vor der ganzen Bevölkerung!* –, daß

ich mit meinem Werk in Reichenberg bleibe, und dann holt er in Gegenwart des Landrats den Knüppel aus dem Sack: Ich kriege nicht die Apfelwiese. Ich kriege irgendeinen anderen Baugrund!« Seine Stimme zittert vor Empörung. »Eine Infamie ist das! Arglistige Täuschung!«
»Ich denke, ich nehme den Wildschweinrücken.«
Er fängt sich schnell, lächelt gentlemanlike. »Sehr gut. Dazu würde ich einen Württemberger Spätburgunder empfehlen. Und zur Vorspeise ein Gläschen Chablis. Wie wäre das?«
»Hauptsache ist doch, daß Sie überhaupt einen Baugrund kriegen und Ihren Betrieb erweitern können!«
Hier hat sie nun, ohne es zu wissen, seinen empfindlichsten Nerv getroffen.
»Das ist ja die Sauerei«, poltert er los, »und der Oppen weiß das ganz genau! Beides geht nicht!«
»Beides?«
»Ich kann *entweder* kaufen *oder* erweitern. Der Baugrund, den mir der Oppen andrehen will, ist so sündhaft teuer, daß ich dann den Betriebsausbau auf die ganz lange Bank schieben muß!«
Bestürzt richtet Regina sich auf. Ihre Augen werden schmal. »Ach so. *Das* ist also der Grund für diese Einladung!«
»Was ist der Grund?« fragt er irritiert.
»Sie wollen mir auf galante Weise beibringen, daß Sie auf meine Mitarbeit verzichten.«
»Um Himmels Willen!« Er greift beherzt nach

ihrer Hand und drückt sie ganz fest. »Ganz im Gegenteil! Ich bin froh, ich bin glücklich, daß Sie da sind. Ich brauche Sie doch!«
Sie lächelt geschmeichelt. »Tatsächlich?«
»Gemeinsam werden wir es schaffen! Gemeinsam werden wir diesem Saukerl die Stirn bieten!«
Enttäuscht entzieht sie ihm ihre Hand.
Er müht sich, seinen Fehler wieder gutzumachen. »Aber auch sonst bin ich glücklich, daß Sie da sind, als Mensch und – na ja...« Noch einmal greift er nach ihrer Hand, diesmal ganz sanft, und er beugt sich tief herab, um einen zarten Kuß darauf zu hauchen.

Frederike Oppen und Sohn Heinrich stehen in der Küche, sie bereitet ein Essen, er kümmert sich um Getränke. Sie haben heute einen Gast: Klaras Liebsten. Und beide sind nicht übermäßig begeistert darüber.
Es hat Klara auch viel Überredungskunst gekostet. Zunächst hatten Vater und Großmutter brüsk abgelehnt, er mit der eher rhetorischen Frage »Bist du total verrückt geworden?«, sie mit der genauso rhetorischen Aufforderung »Na, hör mal, Kindchen!« Erst als Klara tags darauf mit jedem einzeln gesprochen und dabei behauptet hatte, dem jeweils anderem sei es recht, war die Sache geritzt: Siggi Stuckwitz wurde zum Abendbrot eingeladen.
Ohne großes Bohei, einfach so, »Zum Kennenler-

nen«, wie Klara sagte – was schon wieder den Argwohn ihres Vaters hervorgerufen hatte.

»Ich kenne den Kerl!« schimpft er jetzt, während er eine Weinflasche entkorkt. »Ein Schlawiner ist das! Ein Schürzenjäger, ein Taugenichts!«

Mutter Oppen, die gerade den Salat richtet, nickt zustimmend: »Der geborene Leichtfuß.«

»Ein ungehobelter Klotz!«

»Aber ein guter Tennislehrer. Meint jedenfalls Klara.«

»Na, wenn schon!«

»Und als Fußballtrainer ist er hervorragend! Hast du selbst gesagt!«

»Da bearbeitet er ja auch irgendwelche Dribbelkünstler und nicht meine eigene Tochter! Ein Dünnmann ist das! Eine Trantüte!«

Mutter Frederike lächelt. »Irgendwelche Qualitäten muß er aber haben!«

Oppen sieht sie mit verhangenem Blick an. »Was soll denn das nun wieder? Willst du mir am Ende diesen Lümmel auch noch einschwatzen?«

»Ich doch nicht. Klara wird es versuchen. Ich fürchte, ihr ist es ziemlich ernst.«

»Gütiger Himmel!« Oppen ächzt, als sei er vom nassen Handtuch getroffen. »Meine Tochter! Meine einzige Tochter – und dieser Hallodri, dieser Habenichts! Außer Sport und ähnlichem Blödsinn hat der doch nichts im Kopf! Du wirst sehen, Mama, der kennt kein anderes Thema als Tennisschläger und Fußballregeln, ich wette!«

»Du bist immer so voller Vorurteile!«
»Wetten?«
»Ach, Quatsch!«
Oppen meint es ernst. »Eine Kiste Burgunder! Dreiundachtziger!«
Mutter Oppen schlägt seufzend ein. Die Wette gilt.

Die kleine Klara hat natürlich ihre Hintergedanken. Auch wenn sie beteuert hat: »Ihr sollt ihn nur mal kennenlernen, dann seht ihr schon, er ist ein prima Kerl.« In Wahrheit hat sie ein wichtiges Ziel. Und damit sie dieses erreichen kann, muß Siggi bei ihrem Vater einen guten Eindruck machen.
»Also benimm dich freundlich und bescheiden«, flüstert sie ihrem Siggi zu, während die beiden im Eßzimmer auf das Abendbrot warten. »Und rede nicht dauernd von Fußball und Tennis! Das geht meinen Leuten auf den Geist!«
So gestaltet sich die Unterhaltung während des Essens recht merkwürdig. Während Siggi Stuckwitz bemüht ist, ein Gespräch über das anmutige Rathaus mit seiner Barockfassade in Gang zu bringen, redet Oppen vom Fußball. Während Siggi alsdann das Thema auf die perfekt funktionierende Straßenreinigung in Reichenberg zu bringen versucht, gibt Oppen vor, sich für Tennis zu interessieren.
Was bleibt Siggi anderes übrig? Er muß als höflicher Mensch darauf eingehen und behauptet, Oppen habe eine sehr achtbare Tennisfigur.

»Ach, tatsächlich?«
»Aber ja! Guter Schultergürtel, starke Oberarme und eine gelenkige Hüfte!«
»Der Siggi kennt sich da aus!« bekräftigt Klara. »Du solltest wirklich mal eine Tennisstunde bei ihm nehmen! Dann siehst du's schon.«
»Ach ja?«
»Ganz unverbindlich«, lächelt Siggi. »Die erste Stunde ist bei mir immer frei. So zum Antesten, verstehen Sie?«
»Aha.«
»Und nachher gibt's natürlich Familienrabatt.«
»Ach ja, natürlich«, nickt Oppen, und in seinem Gehirn breiten sich düstere Gedanken aus: ›Familienrabatt‹ hat er gesagt! Ja, spinnt dieser Mensch? Zählt er sich etwa schon zur Familie, bloß weil ich ihn zum Abendbrot eingeladen habe? Und nun macht es ihm eigentlich keinen Spaß mehr, an dem Thema Tennis festzukleben. Andererseits hat er gewettet, um eine Kiste Burgunder, und so beugt er sich lächelnd vor und murmelt: »Ach, Siggi, Sie haben meiner Tochter da so ein teures Ding empfohlen, zum Tennisspielen ...«
»Ein Ding?«
»Ja, wie nennt man das doch gleich ... ein Ding, mit dem man gegen die Bälle haut ... eine Rakete oder so ähnlich.«
»Ach, ein Racket ... ein Tennisschläger. Ja, das ist ein weites Feld.«
»Aber doch interessant, oder?«

Siggi weiß nicht, worauf Oppen hinauswill, Klara weiß es genausowenig. Aber sie hält es für an der Zeit, auf ihr eigentliches Anliegen zu kommen: »An sich wollten wir ja was ganz anderes mit euch besprechen.«

Da haben wir's, denkt Oppen. Jetzt kommt die Geschichte mit der ›Familie‹! Bestürzt sieht er zu seiner Mutter. Auch die fängt an, Schlimmes zu befürchten.

»Es kommt für euch vielleicht alles ein bißchen plötzlich«, fügt Klara zaghaft hinzu.

Na also! denkt Oppen. Aber mit einiger Beherrschung sagt er nur: »Kommt ganz drauf an, was es ist.«

»Nichts Schlimmes«, beteuert Siggi.

»Nichts Großes!« ergänzt Klara.

Eher etwas Kleines, denkt Mutter Oppen gefaßt.

»Wir wollten euch nämlich sagen...« fährt Klara langsam fort. »Wir beide, wir wollen zusammenziehen.«

Pause.

»Ach, zusammenziehen, sonst nichts?«

»Nein, wieso? Siggi will nämlich eine neue Wohnung nehmen, da ist endlich Platz für uns zwei.«

Neue Pause. Erleichterung. Spürbares Aufatmen.

»Na ja, das geht ja noch«, sagt Oppen.

»Wann ist es denn soweit?« fragt Frau Frederike.

Doch was das betrifft, ist noch nicht aller Tage Abend. Erst mal muß Siggi eine passende Bleibe finden, und da auch in Reichenberg der Wohnungsmarkt ziemlich eng ist, wird es wohl noch eine Weile dauern. Aber den entscheidenden Punkt kann Klara für sich verbuchen: Vater und Großmutter haben ihr Einverständnis gegeben. Denkt sie.

Schon am nächsten Tag verabredet sich Oppen mit seinem Bruder zum Jogging. Warum, so meint er, solle man es immer auf einen Zufall ankommen lassen, um sich zu sportlichem Tun zu treffen? Man könne doch, während man den Körper stählt, auch in brüderlicher Eintracht den Geist mit erquicklichen Gesprächen laben. Kein Wunder, daß Bruder Otwin ganz gewaltig auf der Hut ist, denn wenn Hinner solch falsche Töne anschlägt, ist immer äußerste Vorsicht geboten.
Otwins Befürchtungen zerstreuen sich jedoch im angenehm fächelnden Herbstwind, als er, gemächlich neben Heinrich dahertrabend, erfährt, was dieser auf dem Herzen hat.
»Schmeiß den Kerl raus!« plustert Oppen, nachdem er seinen Bruder über Siggi Stuckwitz' Pläne informiert hat. »Der muß weg! Ich will ihn nicht mehr sehen! Der betritt mein Haus nicht mehr, der betritt Reichenberg nicht mehr, der betritt das ganze Sauerland nicht mehr! Der muß weg!«
»Aber in Deutschland darf er bleiben, ja? Oder muß er auch von unserem Erdball verschwinden und raus aus der Galaxis?«
Heinrich findet das gar nicht komisch. Ihm ist es

ernst. Dieser Stuckwitz mag ein brauchbarer Tennislehrer sein und als kleiner Grafiker in Otwins Betrieb gerade noch erträglich, aber für seine Tochter wünscht er sich einen anderen Lebensgefährten als diesen Lumpenkerl von einem Versager!
»Oh, als Versager würde ich ihn nicht bezeichnen«, widerspricht Ehrlich. »Beruflich ist er ganz gut qualifiziert.«
»Egal! Er muß aus Klaras Umkreis verschwinden, weg aus Reichenberg! Du schmeißt ihn raus, und damit basta!«
Otwin bleibt stehen. Schaut zu Boden. Malt mit dem Fuß kleine Kringel in den Sand. »Banane gegen Kokosnuß«, sagt er dann.
»Banane gegen, bitte, was?«
»Alte Dschungelregel: Banane gegen Kokosnuß. Nehmen wir mal an, der Stuckwitz ist die Banane. Was ist dann deine Kokosnuß?«
»Kannst du nicht *irgendwann* mal *irgendwas* umsonst machen? Hast du überhaupt kein Herz?«
Es hilft ihm nichts. Sein Bruder beharrt auf einer Gegenleistung, und so verspricht er ihm leise seufzend die alte Kaminuhr von Opa Max, samt Glassturz, falls Stuckwitz binnen einer Woche aus Otwins Fabrik entlassen und aus Reichenberg verschwunden ist.
»Einverstanden«, bekräftigt Ehrlich den Handel und fügt mit fröhlicher Scheinheiligkeit hinzu: »Ich hasse Korruption!«

»Und ich hasse Vetternwirtschaft«, pflichtet ihm sein Bruder bei.

Es kommt schlimmer, als Heinrich Oppen befürchtet hat. Weit schlimmer.
Als er am nächsten Tag bei der Morgentoilette eine ausgebrauchte Rasierschaumdose wegwerfen will, entdeckt er im Abfalleimer einen leeren Pappkarton. Darauf steht in bunten Lettern *Schwangerschaftstest.* Er stutzt. Hält das Ding in der Hand und spürt, wie ihm Schauer plötzlichen Unbehagens den Rücken herunterrieseln. Seine Mutter mit ihren 72 Jahren ist schließlich kein biologisches Wunder, und so kann nur Klara diese Packung benutzt haben.
Allmächtiger! denkt er erschüttert, dieser Stuckwitz! Und mit Beklemmung wird ihm bewußt, daß Siggi nicht nur Klara zur Mutter, sondern auch ihn zum Großvater gemacht hat.
Opa Oppen – ich werde wahnsinnig!
Obwohl er noch Hausschuhe trägt, sind es doch Polterschritte, mit denen er auf Klaras Zimmer zustürzt. Nach kurzem Anklopfen reißt er die Tür auf und hält seiner Tochter die Packung unter die Nase. »Was hat das zu bedeuten?« fragt er höchst überflüssigerweise, denn über die Bedeutung kann es nun wirklich keinen Zweifel geben.
Seine allerletzte Hoffnung zerstiebt, als Klara ihm mitteilt, daß der Schwangerschaftstest positiv ausgefallen sei.

Konsterniert schüttelt Oppen den Kopf. »Ich verstehe gar nicht, wie's heute überhaupt noch zu so was kommen kann.«
»Ach«, meint Klara fröhlich, »da hat sich nicht viel geändert, Papa. Die Methode ist immer noch die gleiche.«
»Quatsch, du weißt genau, was ich meine«, brummelt er und denkt krampfhaft darüber nach, wie er seiner Tochter klarmachen kann, daß es Mittel und Wege gibt, so eine standeswidrige Geburt zu vermeiden.
»Ich finde, mein liebes Kind«, beginnt er salbungsvoll, »wir sollten jetzt nichts überstürzen. Man muß da ganz unemotional an die Dinge rangehen. Wir sollten uns weder freuen noch sorgen ...«
»Ich freue mich aber«, fällt ihm Klara ins Wort.
»Ach ja? Ach so? Aha, du freust dich?«
»Ja, sehr.«
»Das ist nicht gut, Klara! Du solltest dich da nicht zu früh freuen ...« Schnell verbessert er sich: »Ich meine, nicht zu *sehr* freuen.«
Er braucht nicht weiter zu reden. Klara hat längst begriffen, worauf er hinauswill. Mit heiterer Entschiedenheit erklärt sie: »Ich werde das Kind bekommen, Papa. Und ich werde Siggi Stuckwitz heiraten!«
Das trifft Oppen ins Mark. »Okay, heiraten ist 'ne schöne Sache, zugegeben, jedes Mädchen sehnt sich danach, aber doch nicht diesen Windhund! So ein hirnverbrannter Blödsinn!«

Aber Klara läßt nicht mit sich reden. Und sie wäre nicht die Tochter ihres Vaters, wenn sie es nicht auch verstünde, geeignete Daumenschrauben anzusetzen. »Wir leben hier in Reichenberg, Papa, ja? Eine nette, verträumte Kleinstadt. Und ich vermute, daß sich die Leute das Maul zerreißen werden und daß du es verdammt schwer haben wirst bei der nächsten Wahl, wenn deine Tochter ein uneheliches Kind zur Welt bringt.«
Papa Oppen bleibt die Spucke weg.
Aber nicht sehr lange.
Er verzichtet auf das Frühstück, kleidet sich in Windeseile an und wirft sich aufs Fahrrad, um zur Fabrik seines Bruders zu strampeln.

Der hat indessen Siggi Stuckwitz in sein Büro gebeten und eröffnet ihm nun, daß er sich gezwungen sehe, auf dessen weitere Mitarbeit zu verzichten, obwohl es ihm sehr leid tue, und er bitte Herrn Stuckwitz herzlich, ihm dies zu glauben. Es habe aber, so behauptet er, Beschwerden gegeben, und es lägen ihm zwei Zeugenaussagen vor, aus denen hervorgehe, daß sich Stuckwitz während der letzten Betriebsfeier in unziemlicher, ja sogar – »wie soll ich mich ausdrücken?« – in direkt aufdringlich anstößiger Weise einer jungen Mitarbeiterin genähert habe.
Ehrlich macht ein ungeheuerlich ernstes Gesicht, während er das sagt.
Obwohl es keinerlei Zeugenaussagen gibt, da Ehr-

lich das alles aus der Luft gegriffen hat, fügt es sich, daß die Vorwürfe tatsächlich zutreffen. Daher klingt Stuckwitz' Verteidigung auch eher schüchtern.

Da aber stürmt Oppen in den Raum und erklärt, nachdem er Stuckwitz mit meisterhaft verlogener Wiedersehensfreude begrüßt hat, daß er etwas rasant Wichtiges mit seinem Bruder zu besprechen habe, das keine Sekunde Aufschub dulde. Stuckwitz versteht und verläßt das Büro.

»Was, zum Teufel, ist in dich gefahren?« herrscht Ehrlich seinen Bruder an.

»Hast du ihn schon entlassen?«

Ehrlich zuckt die Achseln. »Ich war gerade dabei. Im Moment! Und ich hatte ihn auch schon so klein mit Hut, da kommst du reingeplatzt und ...«

»Änderung der Marschrichtung!« unterbricht ihn Oppen. »Siggi wird nicht gekündigt, er wird Abteilungsleiter!«

»Du hast zu schwer gefrühstückt, oder?«

»Wenn einer in das Haus Oppen einheiratet, muß er mehr sein als ein popliger Grafiker ...«

»Was sagst du da?«

»Der Mann, der meine Tochter heiratet, muß was darstellen!«

»Du, auf den Arm kann ich mich allein nehmen.«

»Nein, nein, du hast schon richtig gehört. Die beiden heiraten.« Und er macht glaubhaft, daß er das auch gut finde, denn das Kind müsse einen Vater haben.

»Klara bekommt also ein Kind«, nickt Ehrlich. Während er seine hämische Freude über die mißliche Lage seines Bruders kaum verbergen kann, macht er keinerlei Anstalten, ihm in irgendeiner Weise zur Seite zu stehen. »Soweit kommt's noch! Gestern beschwörst du mich, den Kerl zum Teufel zu jagen, und heute soll ich ihn befördern?«

»Klara zuliebe. Du bist schließlich ihr Onkel. Und als solcher trägst du auch Mitverantwortung für die Reputation ihrer Familie.«

»Oh, hier gibt's einen Unterschied! *Klara* hat sich ein Kind andrehen lassen, nicht *ich*! Wieso soll ich dafür büßen? Banane gegen Kokosnuß ist ja okay. Aber nicht Banane gegen faules Ei!«

»Du sollst nicht *büßen*! Du sollst Stuckwitz zum Abteilungsleiter machen, mehr nicht!«

»Abteilungsleiter? So einen Lumpenkerl von einem Versager? Das sind deine eigenen Worte, mein Lieber!«

»Aber du kennst mich doch«, gibt Oppen zu bedenken, »ich bin nicht uneinsichtig, und wenn ich eines Besseren belehrt werde, noch dazu aus dem Munde eines Fachkundigen, bin ich stets bereit, meine Meinung zu korrigieren.«

»Was ist denn das nun wieder für ein Schwachsinn?«

»Du hast mir gestern erklärt, daß Stuckwitz durchaus berufliche Qualifikation besitzt. Wenn du das sagst, muß das stimmen, also hat er auch das Zeug zum Abteilungsleiter. Logisch?«

»Nicht bei mir! Ich mache mich doch nicht lächerlich. Ich habe ihm gekündigt, basta, aus, finito!«
»Wirklich schade«, murmelt Oppen und entschließt sich, seine letzte Trumpfkarte zu opfern, »gerade jetzt, wo sich in Sachen Apfelwiese eine ganz unerwartete Wendung abzeichnet.«
Der Trumpf sticht. Ehrlich leistet jetzt nur noch hinhaltenden Widerstand.
Jaja, betont Oppen, nach nochmaligem eingehenden Studium der Unterlagen sei ihm klar geworden, daß sein Bruder die Apfelwiese wirklich dringend benötige, um seinen Betrieb auszubauen, was ja auch ganz eminente Auswirkungen auf die Beschäftigungslage in Reichenberg habe und viele neue Arbeitsplätze schaffe.
Das ist Honig in Otwins Ohren. »Weißt du, was für einen Unternehmer das allerschönste ist?« fragt er mit priesterlicher Keuschheit und gibt gleich selbst die Antwort: »Nicht eine hohe Bilanz, keine gigantische Gewinnausschüttung oder das Erreichen der ersten Umsatzmilliarde. Nein, das schönste ist und bleibt die Schaffung neuer Arbeitsplätze.«
Einer davon ist also der Abteilungsleiterposten für Siggi Stuckwitz, der jetzt von Ehrlich mit großer Geste ins Chefbüro zurückgebeten wird.
Ganz so einfach, wie Ehrlich sich das denkt, geht es allerdings nicht über die Bühne. Denn kaum hat Siggi gemerkt, daß sein Chef einlenken will, spielt er den Beleidigten. In einer Firma, in der man ihm solche Ungeheuerlichkeiten vorwerfe, könne er

nicht arbeiten, nein, das sei nicht sein Stil. Er treibt es so weit, daß sich Otwin förmlich bei ihm entschuldigt und ihm schließlich goldene Berge verspricht.

»Ich biete Ihnen nicht nur Geld, Herr Stuckwitz – obwohl das wichtig ist, und was Ihr Gehalt betrifft, lasse ich mich nicht lumpen. Nein, bei mir finden Sie eine berufliche Heimat, Ansehen, Bedeutung, Einfluß und Karriere – vielleicht bis ganz nach oben.«

Obwohl Siggi nur die Hälfte davon glaubt, scheint ihm diese schon ausreichend. Und der Posten, den ihm Ehrlich anbietet, nämlich Leiter der PR-Abteilung, reizt ihn allemal. Mehr kann er sich im Moment gar nicht wünschen.

»Einverstanden«, sagt er schließlich. »Ich werde mein Bestes tun, und ich wette, Sie werden mit mir zufrieden sein!«

O ja, Ehrlich ist jetzt schon zufrieden. Natürlich nicht mit Siggi, denn er weiß, der wird für ihn eher zur Belastung, sondern mit seiner ›Banane‹. Jetzt steht dem Betriebsausbau nichts mehr im Wege, er kann endlich zu einem günstigen Preis das Gelände erwerben, auf dem er die neue Fertigungsanlage und ein riesiges Lagerhaus errichten will. Sein Bruder begleitet ihn sogar zum Notar, um die nötigen Formalitäten zu erledigen. Alles läuft problemlos, Heinrich Oppen bringt erstaunlicherweise nicht den geringsten Einwand vor, um den

Handel im letzten Moment doch noch platzen zu lassen, im Gegenteil, er benimmt sich ungewöhnlich entgegenkommend, ja, geradezu mustergültig.
Dies ist ein Umstand, der Ehrlich eigentlich ein bißchen stutzig machen müßte. Aber er glaubt, diesen Punkt längst für sich verbucht zu haben und sich nun anderen Dingen widmen zu können.

Oppen hingegen freut sich über seine ›Kokosnuß‹. Zwar ist er immer noch tief verärgert, daß sich seine Tochter mit diesem Windhund eingelassen hat, aber jetzt ist doch wenigstens sichergestellt, daß sie keinen Nobody heiraten wird.
»Es könnte sogar sein, daß er Prokura bekommt«, verkündet er stolz seiner Familie. »Das sagt jedenfalls Otwin. Der hält große Stücke auf den Siggi, große Stücke! Und mit Recht!«
Mutter und Tochter finden es gleichermaßen rührend, wie er auf einmal seine Vorurteile gegen Siggi über Bord geworfen hat, aber Klara zeigt sich nicht sehr begeistert.
»Weißt du, Papa, ich will nicht, daß der Siggi nur was wird, weil er dein Schwiegersohn ist. Er hat nämlich das Zeug dazu, aus eigener Kraft nach oben zu kommen!«
»Aber ja doch, freilich«, beschwichtigt der Vater.
»Außerdem habe ich grundsätzlich was gegen Protektion und Vetternwirtschaft.«
Oppen nickt. »Ja, mein Kind, ich auch!« sagt er im

Tonfall tiefster Überzeugung. »Das weißt du doch, ekelhaft finde ich das, ekelhaft! Aber...«, beschwörend hebt er den Zeigefinger, »... einem so begabten jungen Menschen muß man doch ein bißchen unter die Arme greifen dürfen. Und er ist begabt, der Siggi! Ganz außergewöhnlich begabt. Das meint sogar dein Onkel Otwin.«

Die schöne Regina Stern bereut es nicht, in Reichenberg geblieben zu sein. Obwohl sie als Großstadtmensch ganz andere Dimensionen gewöhnt ist, findet sie viel Gefallen an der malerischen kleinen Ortschaft. Das entzückende Häuschen, das sie gemietet hat, ist für sie weit mehr als nur eine Wohnstatt. Es liegt zwar direkt an der Straße, und drinnen ist es ein bißchen laut. Aber da sie fast den ganzen Tag in der Fabrik verbringt, stört sie das wenig. Sie hat ihr Heim mit viel Geschmack eingerichtet und fühlt sich pudelwohl. Hier hat sie alles, was sie will, ein behagliches, großes Wohnzimmer, das fast das ganze Parterre einnimmt, und darüber, im ersten Stock, kann sie sich neben dem Schlafzimmer noch einen kleinen Arbeitsraum einrichten. Darüber freut sie sich besonders. Zwar hat sie in den Ehrlich-Werken ein schönes, großes Atelier, doch könnte es nützlich sein, wenn sie sich auch mal fernab vom Bürotrubel ihren Entwürfen widmen kann.
Auch mit ihrem neuen Aufgabenbereich ist sie zufrieden, zumal ihr Otwin Ehrlich weitgehend

freie Hand läßt. Mit viel Verve hat sie sich in die Arbeit gestürzt und will nun ihrem Chef die ersten von ihr erstellten Entwürfe zeigen.
Doch kaum hat er ihr Atelier betreten, kaum hat sie ihre Zeichnungen vor ihm ausgebreitet, als sich die Tür öffnet und Siggi Stuckwitz eintritt.
»Guten Tag allerseits«, sagt er und nimmt unaufgefordert Platz.
»Ach, Herr Stuckwitz«, wundert sich Regina. »Ja, das tut mir leid, ich habe jetzt keine Zeit für Sie, wir haben gerade Modellbesprechung.«
Siggi streckt die Beine aus. »Ich weiß, darum bin ich ja hier...«
Regina versteht nur Bahnhof. »Was soll denn das heißen?«
»Ich finde, als Leiter der PR-Abteilung sollte ich bei der Besprechung der neuen Modelle ein kleines Wörtchen mitreden.«
Regina zuckt irritiert zusammen, wendet langsam ihren Blick und schaut mit großen Augen Ehrlich an.
Der lächelt verlegen. »Ach Gott, ja, das habe ich ganz vergessen, Ihnen zu sagen. Herr Stuckwitz ist seit heute morgen Leiter unserer PR-Abteilung.«
Noch ehe Regina richtig begriffen hat, erklärt Siggi: »Und ich bin der Meinung, daß die Publicity Work sehr frühzeitig in die Planung einbezogen werden muß. Sonst läuft man doch Gefahr, am Markt vorbeizuproduzieren.«
»Ach, meinen Sie?«

Stuckwitz ist in seinem Element. »Sehen Sie«, doziert er, »nach meiner Ansicht besteht die Aufgabe einer Publicity-Abteilung nicht nur im hinterherlaufenden Vermarkten vorhandener Produkte, sondern eben auch im vorausdenkenden Planen und Mitgestalten neuer Produkte. Und das vornehmlich unter Zuhilfenahme demoskopischer Methoden. Ich hoffe doch, Sie verstehen das?«

O ja, Regina versteht sehr gut. »Mit anderen Worten: Sie wollen hier mitreden, Herr Stuckwitz?«

»Ja, habe ich das nicht gerade hinreichend erklärt?«

Regina wird sauer. Mit einem Ruck schaut sie sich um. »Ist das etwa auch Ihre Meinung, Herr Ehrlich?«

Da es natürlich nicht seine Meinung ist, verheddert sich Otwin in der wenig überzeugenden Darlegung, daß es haufenweise Untersuchungen darüber gebe, wieviel unentdeckte Talente in den Betrieben versteckt seien, kreatives Potential, das zu nützen ein moderner Unternehmer sich nicht scheuen dürfe.

Damit hat er sein Pulver verschossen und gibt nun vor, wegen eines wichtigen Termines überhaupt keine Zeit mehr zu haben.

»Bis später!« verabschiedet er sich und geht davon.

Aber nicht mit Regina! Wie von der Tarantel gestochen springt sie auf und rennt hinterher.

Im Flur holt sie ihn ein. »Das kann doch wohl nicht Ihr Ernst sein!« faucht sie ihn an. »Ausgerechnet dieser Stuckwitz! Wie kommen Sie dazu, ihn zu unseren Meetings einzuladen?«

Er merkt, wie aufgebracht sie ist, und versucht sie zu beruhigen. »Es handelt sich um eine rein taktische Maßnahme – eher familiärer Natur. Das hat überhaupt nichts mit Ihnen und Ihrer Leistung zu tun! Sie wissen doch genau, wie sehr ich Sie schätze, Frau Stern!«

Wenn er auch all seinen Charme in diese letzten Worte gelegt hat, Regina gibt sich nicht damit zufrieden. Sie verlangt eine ausreichende Erklärung. Als sie die nicht bekommt, droht sie mit sofortiger Kündigung. Sie ist jetzt wirklich wütend.

»Wenn Sie es schon für nötig halten, mir einen Werbefritzen vor die Nase zu setzen, hätten Sie mich wenigstens vorher informieren sollen. Glauben Sie tatsächlich, ich könnte mit so einem unbedarften Klugscheißer zusammenarbeiten?«

Ehrlich weiß nicht, wie er ihr das erklären soll. Und jetzt ärgert es ihn schon wieder, daß er sich auf diesen Handel mit seinem Bruder eingelassen hat. Denn Regina ist nicht nur eine außerordentlich fähige Direktrice, sondern auch eine sehr reizvolle Frau.

»Scheren Sie sich nicht um Stuckwitz«, sagt er freundlich. »Sie haben volle Entscheidungsfreiheit! Hören Sie nicht auf sein Gerede, tun Sie so, als ob er gar nicht da wäre, aber geben Sie ihm das Gefühl, kolossal wichtig zu sein, verstehen Sie?«

»Nein.«

»Ach, Regina«, seufzt er, legt seine Hände auf ihre Schultern und schaut ihr in die Augen, »fragen Sie nicht nach Gründen, tun Sie's einfach mir zuliebe.«
»Wie lange darf ich nicht fragen?«
»Das ist schon wieder 'ne Frage. Ich habe Sie doch gerade gebeten ...«
»Nehmen Sie nun meine Kündigung an?«
»Das ist *noch* eine Frage!«
»Ja oder nein?«
»Nein!!!«
Er lacht sie an. Ein strahlendes Lachen ist es, charmant, unwiderstehlich. »Kommen Sie«, sagt er, »ich zeig' Ihnen etwas.«
Er hakt sie unter, führt sie zu seinem Wagen, hilft ihr höflich beim Einsteigen und fährt los.
Schon bald sind sie auf dem holprigen Feldweg, der zur Apfelwiese führt.
»Das wird später natürlich alles asphaltiert«, sagt er.
»Aha. Und warum, meinen Sie, sollte mich das interessieren?«
»Es wird die neue Zufahrtsstraße zu unserem Werkgelände.«
»Ach? Sie haben die Apfelwiese also doch bekommen?« Es klingt, als ob sie sich darüber freue.
Und genau das ist der Grund, warum er mit ihr hier herausgefahren ist. Er will sie überzeugen, welch lohnende Zukunftsperspektiven sich für sie ergeben, wenn sie ihre Arbeit bei ihm fortführt.

»Sehen Sie nur«, sagt er, bei der Apfelwiese angekommen, »hier baue ich in großem Stil. Produktion und Vertrieb unter einem Dach. Endlich genug Platz, Regina!«
Sie steigen aus. Mit großer, stolzer Geste zeigt er ihr, wo er welche Gebäude errichten wird, darunter auch ein großes, helles Atelier für sie, seine Direktrice.
Regina nickt. Sie kann sich das recht gut vorstellen. Jetzt ist alles noch grüne Wiese. Die Obstbäume, die hier einst standen und dem Grund seinen Namen gaben, gibt es längst nicht mehr. Ein kleiner Bach schlängelt sich durch die Wiese. An seinem Ufer stehen, nur wenige Meter voneinander entfernt, eine kleine Bauernkapelle und ein alter Ahornbaum. Ein wunderschöner Anblick, der zum Träumen verleitet.
»Ich will, daß Sie an mich und an meinen Betrieb glauben«, sagt Ehrlich. »An uns! Ich brauche Sie, Regina. Und wenn das hier alles fertig ist, brauche ich Sie noch mehr!«
»Aber ich darf keine Fragen stellen?
»Nein, das dürfen Sie nicht.«
»Doch«, insistiert sie, »eine Frage habe ich noch.«
»Gut, die letzte.«
Sie betrachtet das Gelände. »Dort hinten sollen also die Werkhallen hinkommen?«
»Richtig.«
»Und wo machen Sie den Straßenzubringer hin?«
»Wie bitte?«

Sie deutet nach vorne. »Ich kenne mich da nicht so aus. Aber mir scheint, der einzige Weg über den Bach zum Baugrund führt zwischen der Kapelle und dem Ahorn entlang. Wie machen Sie das? Kommen Sie da mit den Lastern durch?

Ehrlichs Gesicht erstarrt. Regina hat recht, einen anderen Weg gibt es wirklich nicht. Verdammt, daran hat er nicht gedacht! Aber jetzt wird ihm auch klar, warum sein Bruder so willfährig seine Wünsche erfüllt hat. *Der hat daran gedacht*!

»Diese Ratte!« knurrt er wütend.

Regina sieht ihn betroffen an. »Was? Ich?«

»Nicht doch!« Er legt seinen Arm um ihre Schultern. »Natürlich meine ich nicht Sie. Aber Ihre letzte Frage, Regina, die war verdammt gut!«

Ohne auf die Proteste der Vorzimmerdame zu hören, stürmt Otwin Ehrlich in das Bürgermeisterzimmer. Er hat sich mit Wut vollgepumpt, die er nun an seinem Bruder ausläßt. Wie ein Irrwisch tobt er in Oppens Büro herum.

»Eher bekommt eine Ladung Kuhmist den Nobelpreis, als daß dein zukünftiger Schwiegersohn bei mir Abteilungsleiter wird!«

Oppen sieht ihn entgeistert an. »Na, hör mal! Wir haben eine Abmachung!«

»Immerhin ist deine Tochter mein Patenkind!« tobt Ehrlich weiter. »Und ich werde mich nicht mit einer Apfelwiese abspeisen lassen, nur damit meine Nichte, dieses süße Mädel, mit einem Kre-

tin verheiratet wird... nur damit du nicht die nächste Wahl verlierst... nur damit deine Tochter kein uneheliches Kind zur Welt bringt! Nein, das ist mit mir nicht zu machen! Nicht mit mir!«
Jetzt rastet auch Oppen aus. »Für was für ein Schwein hältst du mich eigentlich?« donnert er. »Meinst du, ich verrate meine Tochter? Die heiratet den jetzt, und in einem Jahr ist Scheidung, basta!«
Ehrlich stutzt. »In einem Jahr?«
»Dafür sorge ich schon, darauf kannst du Gift nehmen.«
»Ich habe dich unterschätzt, entschuldige.«
»Bitte, bitte«, wehrt Oppen bescheiden ab. »Der Mann wird also Abteilungsleiter. Ich hoffe, das ist jetzt klar.«
»Nein, wird er nicht.«
Oppen starrt seinen Bruder aus geweiteten Augen an. »Wir haben eine klare Vereinbarung!«
»Ja, die ist hinfällig. Ich mache den Kauf der Apfelwiese rückgängig. War gerade beim Notar. Der sagt, das ist nur 'ne Formsache.«
»Bist du meschugge?«
Ehrlich wird jetzt etwas sachlicher: »Ich habe mir das Terrain noch mal angeschaut. Ohne die Zufahrt über den Bach habe ich nichts von dem Grund. Und dort steht die St. Blasius-Kapelle!«
Oppen tut so, als ob ihm das in diesem Moment erst bewußt würde: »Mein Gott, und die steht unter Denkmalschutz. Da hab' ich gar nicht dran gedacht.«

»Und der Ahorn steht direkt daneben.«
»Der steht unter Naturschutz. Zu blöde!«
Ehrlich hat seinen Bruder längst durchschaut. »Mein lieber Heinrich«, sagt er heuchelfreundlich, »es liegt jetzt alles in deiner Hand. Du bist der Bürgermeister!«
»Oh, da kann ich gar nichts machen!« wehrt Oppen ab. »Es gibt Gesetze, und an die muß ich mich halten!«
»Dann bleibt Siggi also ein kleiner Grafiker. Oder besser noch: Ich werde ihn entlassen.«
Komischerweise protestiert Oppen nicht. »Ja, das ist ein Problem«, gibt er zu und schaut seinen Bruder konspirativ an. »Solange die Kapelle dort steht – auch wenn sie noch so klein ist –, geht da gar nichts.« Er macht eine Kunstpause. »Es sei denn ...« Noch eine Pause. »Es sei denn, irgendein Bauer käme mit seinem Traktor ... rein zufällig ... aus Versehen ... beim Zurücksetzen dagegen und machte das Ding platt.« Er spitzt die Lippen. »Aber wir wollen nicht den Teufel an die Wand malen!«
»Nicht doch!« bestätigt Ehrlich. »Da wollen wir lieber gar nicht dran denken. Die schöne Kapelle!«
»Und der schöne Ahorn!«
Die Brüder sind mal wieder ein Herz und eine Seele.

Als Otwin Ehrlich zu seinem Betrieb zurückkommt, entdeckt er auf dem Fabrikhof ein fremdes Fahrzeug – einen hellblauen Trabbi. Gegen ihn gelehnt,

steht in eleganter Haltung ein junger Mann. Eigentlich eine recht sympathische Erscheinung, denkt Otwin, ordentlich gekleidet, ein sauber gebügelter Jeansanzug, dunkles, gepflegtes Haar, intelligentes Gesicht, mindestens 1,85 groß, bei aller Jugend eine stattliche Erscheinung! Er hält neben dem Trabbi, steigt aus, bleibt vor dem fremden jungen Mann stehen. »Kann ich Ihnen helfen?«
Der beugt zur Andeutung eines Grußes den Kopf. »Ich bitte um Verzeihung, falls ich Ihren Parkplatz einnehme«, sagt er höflich. »Aber ich warte hier auf einen Herrn Ehrlich.«
»Das bin ich.«
»O ja, die Dame im Büro sagte mir, daß Sie bald eintreffen würden. Mein Name ist Norman. Frank Norman.«
»Und Sie wollen mich sprechen?«
»Wenn Sie fünf Minuten Zeit für mich hätten.«
»Ja, ich denke, das läßt sich machen«, nickt Ehrlich.
Er geht mit ihm in sein Büro, bietet ihm einen Stuhl an. Norman wartet höflich, bis Ehrlich sich gesetzt hat, dann erst nimmt er Platz. Ehrlich, von dem guten Benehmen des jungen Mannes angetan, läßt einen Kaffee kommen, ehe er ihn nach seinem Begehr fragt.
Frank Norman ist, wie er sagt, seit Jahren in der Modebranche tätig. Nein, er schneidert nicht, er hat sich, soweit dies an seiner bisherigen Arbeitsstätte möglich war, um das Design gekümmert. Er

stamme aus Meiningen, einer Kleinstadt in Thüringen. Dort habe er von den Ehrlich-Werken gehört, habe sich ein Herz gefaßt und sei einfach mal auf gut Glück hergekommen, um sich ihm, Herrn Ehrlich, vorzustellen.
»Was? Sie haben extra deswegen den weiten Weg von Meiningen hierher gemacht?«
»Ja, verzeihen Sie den Überfall, aber ich habe nur schlechte Erfahrungen mit schriftlichen Bewerbungen gemacht.«
»Aha. Sie wollen sich also verändern?«
»Ich *muß* mich verändern, Herr Ehrlich. Der Betrieb, in dem ich bisher gearbeitet habe, ist von der Treuhand wegrationalisiert worden. Ich stehe praktisch auf der Straße.« Er rührt verlegen in seinem Kaffee. »Und da man nun viel über die Ehrlich-Werke spricht, habe ich gedacht, ich bekäme hier vielleicht eine Chance.«
»Was? Man spricht über mich? In Meiningen?«
Frank Norman schaut auf. Es ist ein netter, offener Blick. »Aber ja! In der Branche ist doch bekannt, daß Sie ein zukunftsorientierter Unternehmer sind, Herr Ehrlich, daß Sie investieren und modernisieren. An wen soll man sich in meiner Lage wenden, wenn nicht an Sie?«
Otwin ist beeindruckt. Zumal der junge Mann ungefragt betont, daß er nur sehr bescheidene Gehaltsforderungen habe. Hauptsache, er finde wieder Boden unter den Füßen.
»Es tut mir leid, daß ich Ihnen nicht sofort eine

Zusage machen kann«, sagt Ehrlich, nachdem er eine Weile vor sich hingesehen hat, »aber wir befinden uns im Umbruch, ich kann keine Ad-hoc-Entscheidung treffen. Aber geben Sie mir Ihre Adresse ...«
»Ich habe zur Zeit ein kleines Zimmer im ›Reichenberger Krug‹.«
»Aha. Und wann fahren Sie nach Meiningen zurück?«
»Eigentlich schon morgen.«
Ehrlich steht auf. »Geben Sie mir zwei Tage Zeit, junger Mann«, sagt er und klopft ihm auf die Schulter. »Bis dahin habe ich alles durchkalkuliert.« Und er drückt ihm einen Hundertmarkschein in die Hand, damit ihm der Aufenthalt keine finanziellen Opfer abverlangt.

Es ist genau 10 Uhr 17, als Frau Lübke, Oppens tüchtige Sekretärin und Vorzimmerdame, Besuch anmeldet. »Der Herr Schmünken möchte Sie sprechen, Herr Bürgermeister.«
Vorsichtshalber tut Oppen überrascht. »Ja, was mag der denn von mir wollen?«
»Er sagt, Ihr Herr Bruder hätte Ihnen schon Bescheid gesagt.«
»Nicht, daß ich wüßte. Na, schicken Sie ihn herein!«
Er ist klein, er ist schmuddelig, er riecht nach Kuhmist und hat ein rundliches Schweinsgesicht, aus dem flinke, pfiffige Äuglein ängstlich hin- und

herblinzeln: der Bauer Schmünken. Zögernd tritt er über die Schwelle, bleibt bei der Tür stehen, sagt »Guten Tag, Herr Bürgermeister«, nimmt den speckigen Hut vom Kopf, dreht ihn unschlüssig an der Krempe und sieht Oppen erwartungsvoll an.
Da Oppen außer einem knappen Grußwort nichts erwidert, tritt Schmünken einen kleinen Schritt näher, wartet noch einen Moment.
»Ja, bitte, Herr Schmünken, was wünschen Sie?«
»Er hat Sie sicherlich nicht angerufen, oder?«
»Wer?«
»Ihr Herr Bruder...«
»Nein, hat er nicht. Warum sollte er?«
Schmünken wagt noch einen Schritt vorwärts. »Er hat mir gesagt, er ruft Sie an, und ich soll zu Ihnen kommen, und dann zerreißen Sie vor meinen Augen die Anzeige.«
»Welche Anzeige?«
»Wegen meinem Schwarzbau. Hat der Herr Ehrlich gesagt!«
Oppen richtet sich im Stuhl auf. »Na, hören Sie mal! Was sind denn das für Sachen?!« Es gelingt ihm mühelos, Empörung durchklingen zu lassen.
Es scheint, als sei Schmünken darauf gefaßt. Mutig tritt er noch einen Schritt vor, meint, dann müsse er es wohl anders herum erzählen, und beginnt wie ein Schulkind, das ein Gedicht aufsagt: »Das war nämlich so... Es war noch ziemlich dunkel, und ich hatte gestern abend auch ein paar Gläser zuviel und heute morgen Streit mit meiner Karoline. Und da

hab' ich's beim Zurücksetzen übersehen. Tut mir ja sehr leid, Herr Bürgermeister...« Flehend schaut er Oppen aus seinen Schweinsäuglein an.
Doch Oppen will einfach nicht kapieren. Er läßt Schmünken zappeln, bis der endlich gesteht, daß er mit seinem Traktor die St. Blasius-Kapelle in Trümmer gefahren hat.
Na, also, nun ist es raus. Oppen ergreift die Gelegenheit, sich gehörig zu entrüsten. Er macht dem verdatterten kleinen Mann klar, daß er unersetzliches Kulturgut vernichtet habe, was kaum übersehbare Folgen nach sich ziehen werde, und erst als Schmünken alle Hoffnung aufgegeben hat, fordert er ihn zum Sitzen auf, lächelt leutselig und gibt ihm zu verstehen, daß man die Sache schon irgendwie aus der Welt schaffen könne.
Schmünken läßt sich erleichtert auf den Besucherstuhl fallen. Er kennt zwar seinen Bürgermeister recht gut, aber weiß man denn auch, ob der sich wirklich so verhalten wird, wie man's von ihm gewöhnt ist?

Die gute Frau Lübke hat dafür gesorgt, daß Otwin Ehrlich sofort von Schmünkens Besuch im Bürgermeisteramt erfährt. Ehrlich ist guter Dinge. Er hat mit Schmünken genau abgesprochen, was zu tun ist; den Rest hält er für reine Formsache. »Das ist also in Butter«, murmelt er vor sich hin.
Ein Telefongespräch, das er kurz darauf führt,

dämpft allerdings seine gute Laune erheblich. Ein Geschäftsfreund aus Marl ist am Apparat, der Baron von Weidenbach. Seinen Adelstitel hat er erst vor kurzem durch eine windige Adoption erworben, seine Bankkonten sind dafür um so genuiner. Außer einer Kette von chemischen Reinigungen und einer Beteiligung an einem Omnibusunternehmen betreibt er die größte Stoffabrikation weit und breit. Ehrlich bezieht seit Jahren fast alle Stoffe von ihm, und er ist immer gut damit gefahren.

»Ja, mein lieber Ehrlich«, beginnt der Baron, »da findet doch dieses Jahr in eurem schönen Reichenberg wieder die Jagd bei dem Grafen Knippenberg statt, habe ich recht?«

Allerdings, er hat recht. Diesmal, so führt von Weidenbach etwas umständlich aus, wäre ihm sehr daran gelegen, an dieser Veranstaltung teilzunehmen. Und ob der liebe Herr Ehrlich, der ja ein sehr angesehener und einflußreicher Bürger der Stadt Reichenberg sei, nicht freundlicherweise dafür Sorge tragen könne, daß ihm eine Einladung zukomme?

Ehrlich weiß natürlich, warum: Die Einladung bei einem alteingesessenen echten Grafen vergoldet Weidenbachs neugewonnenen Adelstitel. Ehrlich zögert ein wenig, worauf der Baron ihn in verschwörerischem Tonfall wissen läßt, daß er ihm im Gegenzug einen wichtigen geschäftlichen Tip geben könne.

»Ein Tip?«

»Sie kennen doch die Textilfabrikation Hermann Grübner, hier in Marl.«
»Ja, natürlich, Anoraks und Regenbekleidung.«
»Eben nicht. Oder besser: nicht mehr. Grübner will groß in die gehobene Damenkonfektion einsteigen. Ich weiß es. Bei mir hat er ja die Stoffe geordert. Es sind fast ausschließlich die gleichen Qualitäten, die Sie von mir beziehen. Also Vorsicht, mein Lieber! Da kommt gefährliche Konkurrenz auf!«
Diese Nachricht liegt Otwin schwer im Magen. Grübner ist finanzkräftig, das weiß er, und wenn der richtig ranklotzt, wird's eng für die Ehrlich-Werke.
Otwin nimmt eine schöne, langstielige Rose aus dem Blumengesteck, das auf seinem Schreibtisch steht, geht hinüber in Regina Sterns Atelier, überreicht ihr die Blume, macht ein paar nette Komplimente und erkundigt sich, ob sie denn gut mit ihrer Arbeit vorankomme.
Na ja, es geht so. Es gibt natürlich einige Anlaufschwierigkeiten, sie möchte ja nach und nach die ganze Kollektion umstellen, und so was kann man nicht übers Knie brechen.
Aha. Jaja. Soso.
»Wir müssen aber übers Knie brechen, Regina! Da hilft nichts. Die neue Kollektion muß ganz schnell raus! Sonst läuft uns der Grübner aus Marl den Rang ab!«
Regina sieht ihren Chef verdutzt an. Das gibt's

doch nicht! Sie hat sich noch gar nicht richtig eingearbeitet, und schon soll sie eine total neue Kollektion aus dem Boden stampfen? Ja, wie denn?
Ehrlich ist kein Dummkopf. Er kennt die Schwierigkeiten. »Wenn es Ihre Arbeit erleichtert, könnte ich Ihnen einen Assistenten zur Seite stellen«, sagt er. »Er hat sich gestern bei mir vorgestellt. Ein bescheidener, wohlerzogener junger Mann aus den neuen Bundesländern. Macht einen sehr guten Eindruck.«
»Das wäre natürlich eine große Hilfe«, meint Regina. »Kann der Mann denn was?«
»Ich glaube schon. Aber Sie werden das ja schnell feststellen.«
»Ich? Aber dann ist es längst zu spät.«
»Ach, Unsinn. Ich gebe dem Mann, genau wie diesem Stuckwitz, einen vorläufigen Vertrag mit Widerrufsklausel. Zwei Monate Probezeit, dann wird die Kollektion ja stehen, und wenn er nichts taugt, fliegt er schon früher.«
Ehrlich sagt es leichthin, in seiner fröhlichen, unbekümmerten Art. Glaubt er doch, daß ihm ein cleverer Schachzug gelungen sei.
Er kann nicht ahnen, daß er sich mit eben diesem Schachzug eine Menge Ärger einhandeln wird.

Tags darauf treffen sich Otwin und Bruder Heinrich bei der ramponierten St. Blasius-Kapelle, um den Schaden selbst in Augenschein zu nehmen.

Es sieht wirklich schlimm aus. Bauer Schmünken hat ganze Arbeit geleistet, das kleine Gebäude ist total zerstört.
»Was für ein Jammer!« klagt Ehrlich zufrieden. »An eine Restaurierung ist da gar nicht zu denken.«
»Ja«, bestätigt Oppen, »absolut aussichtslos.«
»Schade, schade, wir müssen es einebnen.«
»Was andererseits den Vorzug hätte«, meint Oppen verschmitzt, »daß man hier vielleicht eine Zubringerstraße zu deinem neuen Betrieb anlegen könnte.«
Ehrlich geht auf das Spiel ein. »O ja, da bringst du mich auf eine gute Idee! Das werde ich machen.«
Oppen schüttelt langsam den Kopf. »Du hast nicht gut zugehört, mein Lieber. Ich sagte ›anlegen könnte‹. Konjunktiv! Möglichkeitsform! Man kann aber nicht.«
»Bist du verrückt?«
»Ja, der Gemeinderat hat ein paar Einwände, weißt du. Schließlich gibt es im gesamten Landkreis nur drei solcher Wegkapellen, und zusammen mit dem herrlichen Ahornbaum stellt die St. Blasius-Kapelle ein Ensemble von unschätzbarem Seltenheitswert dar.«
»Was für ein Quatsch!«
»Das sagt jedenfalls Herr Fechner, der Leiter des Denkmalschutzamtes.« Lächelndes Achselzucken. »Ich habe mich ja bemüht, die Bedenken auszuräumen«, fährt Oppen mit verlogener Treu-

herzigkeit fort, »ich habe meine ganze Autorität als Bürgermeister in die Waagschale geworfen. Aber gewisse Restzweifel sind geblieben.«

»Hast du denn nicht darauf hingewiesen, daß eine Renovierung absolut sinnlos ist?«

»An eine Renovierung ist auch gar nicht gedacht.«

»Sondern?«

»An einen Wiederaufbau.«

Das verschlägt Ehrlich zunächst einmal die Sprache und gibt seinem Bruder Gelegenheit zu erklären, daß sich leider Gottes die Original-Baupläne gefunden hätten, nach denen die Kapelle Anfang des achtzehnten Jahrhunderts gebaut worden sei, und zwar doppelt so groß wie das Kapellchen, das zuletzt dagestanden habe.

»Mit anderen Worten: Hier soll wieder ein massives Bauwerk hin?«

»Ja«, nickt Oppen. »Das ist der Beschluß des Gemeinderates.«

»Und mein Zubringer!?«

»Ganz einfach. Du mußt eben die Straße durch die Herrenbergschlucht erschließen.«

»Das kostet doch Millionen!« braust Otwin auf. »Nein – aus der Traum! Ich stufe deinen Siggi Stuckwitz zurück zum Hilfsgrafiker und verzichte auf die ganze Apfelwiese! So was lasse ich doch mit mir nicht machen!«

»Ja, wenn das so einfach ginge.« Oppen lächelt milde. »Schau, ich habe mich auf dem Katasteramt erkundigt, ich habe auch noch mal beim Notar

nachgefragt. Die Einspruchsfrist ist abgelaufen, der Kaufvertrag ist gültig, du bist bereits Grundstückseigner, da gibt's kein Zurück.«
Ehrlich kennt seinen Bruder. Er weiß, der hat noch was in der Hinterhand. »Und?« fragt er lauernd.
»Als solcher bist du natürlich auch verantwortlich für alles, was sich auf deinem Grund befindet. Unter anderem auch für die St. Blasius-Kapelle.«
»Das ist doch nicht dein Ernst?!«
Oppen zuckt die Schultern. »Es sei denn, wir halten uns an den Schadensverursacher...«
In diesem Moment wird das Rattern eines schweren Dieselmotors hörbar. Bauer Schmünken kommt auf seinem Traktor herangefahren.
»Was für ein Zufall aber auch!« wundert sich Oppen.
Der Traktor hält.
»Nanu, Herr Schmünken, Sie hier?«
Schmünken guckt bedeppert. »Komme ich etwa zu spät, Herr Bürgermeister?«
Behäbig steigt er von seinem Gefährt, trägt wie eine Monstranz ein amtliches Schreiben vor sich her. »Ich habe die ganze Nacht kein Auge zugetan, Herr Bürgermeister«, sagt er mit todtrauriger Miene.
Oppen läßt sich das Schriftstück geben, wirft einen Blick hinein. Bestürzt schaut er seinen Bruder an.
»Was ist das für ein Wisch?« fragt der.
»Die vorläufige Berechnung der Wiederaufbaukosten. Eine knappe halbe Million.«

»Eigentlich kann ich mich gleich umbringen«, murmelt Schmünken trübsinnig. »Die Frage ist nur, ob Kugel, Strick oder Tabletten.«
Oppen faltet das Schreiben zusammen, gibt es seinem Bruder. »Wir stehen hier vor dem tragischen Schicksal eines Mannes, der in tiefe Not geraten ist«, sagt er mit sanftmütigem Pathos. »Und ich finde, da sollte man schon der Wahrheit zu ihrem Recht verhelfen. Das meinst du doch auch, nicht wahr?«
Ehrlich kann hier schwerlich widersprechen.
»Also«, wendet sich Oppen an den Bauern, »nun erzählen Sie mal, Herr Schmünken, wie war das? Der Herr Ehrlich ist also zu Ihnen gekommen? Wie hat sich das abgespielt?«
»Na ja, er hat gesagt, er würde mich und meine ganze Familie neu einkleiden, und ...«
»Und?«
»Und die Reparaturkosten für den Traktor, die wollte er auch übernehmen.«
Otwin Ehrlich hilft kein Aufbegehren mehr. Die Wahrheit kommt an den Tag. Was an sich nicht übermäßig sensationell ist, denn alle drei haben diese Wahrheit ja gekannt. Als Oppen aber andeutet, daß er sich nun bedauerlicherweise gezwungen sehen könnte, diesen Sachverhalt auch vor dem Gemeinderat ... Weiter kommt er nicht.
»Du bist doch die größte Sau auf Erden!« zischt Ehrlich seinem Bruder zu, wendet sich aber im gleichen Moment mit huldvoller Miene an

Schmünken: »Aber natürlich, mein Lieber. Ich kann ja nicht zusehen, wie ein rechtschaffener Mann zugrunde gerichtet wird. Ich übernehme das für Sie, ist doch keine Frage. Das gebietet allein schon der Anstand.«
»Den ganzen Wiederaufbau?« versucht sich Oppen zu vergewissern.
»Eine kleine Kapelle, so wie sie zuletzt hier gestanden hat!« schnarrt Ehrlich. »Und dreißig Meter vom Ahorn entfernt, ist das klar?«
»Na, siehst du, Otwin! Es ist nur eine Frage der Sprachregelung. Wir Brüder sind doch immer einer Meinung.«

Klara Oppen ist ein praktisch denkendes junges Mädchen. Vor zwei Jahren hat sie sich entschlossen, in die Zimmermannslehre zu gehen. Natürlich gegen den Willen ihres Vaters, der weit höherfliegende Pläne mit ihr hatte. Aber sie hat sich durchgesetzt. Das Arbeiten unter freiem Himmel macht ihr Spaß, und dieser Beruf, so meint sie, gibt einem täglich das Gefühl, etwas wirklich Nützliches zu verrichten. Jetzt aber kommen ihr Zweifel. Wird sie diesen Beruf tatsächlich ausüben? Sie hat sich vorgenommen, ihrem Siggi eine gute Ehefrau zu werden. Hausfrauenpflichten kommen auf sie zu, und bald auch Mutterpflichten.
Für Siggi ist das eine ganz klare Angelegenheit. Natürlich wird sie ihre Lehre abbrechen, natür-

lich wird sie ganz für ihren Mann und die Familie dasein. Und natürlich wird er, Siggi, die Familie ernähren. Und das ohne Mühe. Denn nachdem ihm ein Abteilungsleiterposten zugesagt worden ist, malt er sich eine goldene Zukunft aus.
»Es geht aufwärts!« sagt er, als er auf Klaras Arbeitsstätte erscheint, um sie nach Hause zu bringen. »Stetig und ständig! Du wirst schon sehen!«
Es ist ein merkwürdiges Paar, das da am Rande der Baustelle steht, sie in abgetragener Zimmermannskluft, er in einem funkelnagelneuen, hocheleganten Anzug.
»Was werde ich schon sehen?« fragt sie. »Womit geht es aufwärts?«
»Na, mit mir natürlich! Jetzt habe ich die richtige Ausgangsposition, und ich wette, es dauert nicht lange, dann werde ich Direktor.«
Klara mag diese Töne nicht. Sie weiß ziemlich genau, daß Siggi seinen neuen Posten vorerst nur der Protektion ihres Vaters zu verdanken hat. Die wirkliche Bewährungsprobe steht noch bevor. Andererseits möchte sie seinen Höhenflug nicht bremsen. Sie liebt ihn und will seine Zuversicht, sein Selbstbewußtsein, sein ›Ego‹, wie sie es nennt, nicht ankratzen.
Allerdings kann sie ihr Entsetzen kaum verbergen, als er ihr den neuen Wagen zeigt, den er gerade geleast hat, ein funkelndes Luxuscabrio.
»Bist du total übergeschnappt?« regt sie sich auf. »Was glaubst du, was man in Reichenberg von dir

denkt, wenn du mit diesem Schlitten durch die Stadt braust?«

»Sollen die Leute denken, was sie wollen! Hauptsache, wir fühlen uns wohl! Komm, steig ein!«

Stolz reißt er den Wagenschlag auf. Sie sieht die Ledersitze, das holzvertäfelte Armaturenbrett, und ihr Entschluß steht fest. In diesem Auto wird sie sich nicht sehen lassen!

»Tut mir leid, wir machen heute noch Überstunden. Außerdem möchte ich zu Fuß nach Hause gehen. Ich brauche etwas Bewegung. Tschüß!«

Sie gibt ihm einen flüchtigen Kuß, macht kehrt und läuft zu ihren Kollegen zurück.

Verdattert sieht er ihr nach. Leider ist er weit davon entfernt, zu begreifen, was in ihr vorgeht.

Als Otwin Ehrlich das Büro seines Steuerberaters verläßt, fühlt er sich wieder mal wie der Hase beim Wettlauf mit dem Igel. Kaum glaubt er, sein Ziel erreicht zu haben, steht da schon wieder mit großen, Unschuld gelobenden Augen sein Bruder und macht alles zunichte.

Bei seiner Mutter macht Ehrlich kurz halt und läßt sich von ihr mit einer Tasse ›Pharisäer‹ verwöhnen, einem starken Kaffee mit einem kräftigen Schuß Kognak. Frau Frederike versteht es wie keine andere, dieses Getränk zu einem wahren Hochgenuß werden zu lassen.

»Fast eine halbe Million Wiederaufbaukosten«, stöhnt Otwin.

»Dafür steht dann eine wundervolle kleine Kapelle auf deinem eigenen Grund und Boden«, versucht sie zu trösten.
»Da habe ich was von!«
»Klar. Für 'ne halbe Million kann man ja auch was verlangen.«
Er schaut gequält auf. »Mutter, mir ist jetzt nicht nach Witzen zumute. Der Oppen hat mir das ganze Konzept kaputt gemacht. Jetzt gehört mir die Apfelwiese, aber ich muß für die Kapelle blechen und habe kein Geld für die Betriebserweiterung.«
»Warum nimmst du keinen Kredit auf?«
»Weil ich das Unternehmen nicht für Generationen verschulden will. Ich bin nicht der Finanzminister, der kann sich so was leisten, aber doch kein seriöser Geschäftsmann!«
»Da hast du allerdings recht. Unsereins kann die Schuld nicht an den Steuerzahler delegieren, du mußt für deine Dummheiten schon selber geradestehen.«
Ehrlich läßt die Kaffeetasse sinken. »Für meine Dummheiten? Was für Dummheiten?«
»Na, wer hat denn den Schmünken veranlaßt, die Kapelle zu Schutt zu fahren?«
»Aber Mutter, das geschah doch nach Absprache...« Er zögert etwas, verbessert sich: »... nach einer Quasi-Absprache mit Heinrich. Das ganze war seine Idee!«
Sie nickt verständnisvoll. »Warum machst du

auch Geschäfte mit deinem Bruder? Du kennst ihn doch.«
»Der läßt keine Ruhe, bis er mich ruiniert hat!« knurrt Otwin wütend.
Sie setzt sich neben ihn, streichelt ihm die Wange. »Och, mein armes Bübchen«, spottet sie, »hat dir der böse Hinner wieder weh getan.«
Er ist nicht in der Stimmung für Scherze, murmelt griesgrämig einen Fluch vor sich hin, will etwas erwidern.
Doch da legt ihm seine Mutter den Zeigefinger vor die Lippen. »Psst, mein Junge! Ehe du weiterredest, überlege, was du für die Apfelwiese bezahlt hast!«
»Na ja, das war eine ganz günstige Okkasion ...«
»Eine *sehr* günstige Okkasion!« korrigiert sie. »Etwa 60 Prozent des wahren Wertes. Und wem hast du das zu verdanken? Nur den Beziehungen deines Bruders.«
Erstaunt zuckt er zusammen. »Meinst du?«
Sie lächelt. »Es kommt nicht darauf an, was ich meine. Aber es hilft dir bestimmt, wenn du daran glaubst.«

III

Ein Cowboy aus Thüringen

Regina Stern ist gut mit ihrer Arbeit vorangekommen. Der junge Frank Norman aus Meiningen, den Ehrlich inzwischen eingestellt hat, leistet ihr dabei tatkräftige Hilfe. Wenn auch seine Kenntnisse bei weitem noch nicht ausreichen, um selbständig Entwürfe durchzuführen, so ist er doch intelligent und gelehrig genug, um sich als große Hilfe für Regina zu erweisen.

Abgesehen davon macht das Arbeiten mit ihm Spaß. Er ist stets höflich und zuvorkommend. Fast liebevoll liest er ihr die Wünsche von den Augen ab. Wenn es ihr zu heiß im Atelier wird, öffnet er ein Fenster, ehe sie etwas sagt; wenn sie Hunger kriegt, hat er schon ein Sandwich besorgt; wenn sie müde wird, massiert er ihr sanft den Nacken.

Das tut ihr gut. Außerdem benutzt er ein ausgesprochen angenehm duftendes Herrenparfum. Und er hat so wundersam seelenvolle Augen. Findet sie.

So vergehen zwei Wochen harmonischer Zusam-

menarbeit. Eines Nachmittags bittet sie ihn, nach dem Abendbrot in ihrer Privatwohnung einige Stoffproben abzuholen, für die er tags darauf Bestellungen aufgeben soll.
»Ich habe die Proben dummerweise zu Hause vergessen. Aber die Bestellungen müssen in aller Frühe raus. Und ich habe am Morgen einen Termin beim Friseur. Tut mir ja leid, wenn ich Ihnen Unannehmlichkeiten bereite ...«
»Aber ganz und gar nicht, Fräulein Stern, das mache ich doch gerne!«
Als er am Abend aus seinem Trabbi steigt und bei ihr klingelt, hat er zwei Weinflaschen unter dem Arm.
»Es ist Wein aus meiner Heimat«, erklärt er, »von den Hängen der Unstrut. Sie werden sehen, er schmeckt recht delikat. Ich habe ihn für ganz besondere Gelegenheiten mitgenommen.«
Sie stellt fest, daß der Wein tatsächlich passabel schmeckt, und es wird ein sehr netter Abend.
Ein paar Tage später findet sie in einem Regal des Supermarktes ein Sonderangebot von Unstrutweinen. Aber sie denkt sich nichts dabei.

Mutter Frederike hat ihre Müh' und Not mit ihren Söhnen. Immer noch grollt Ehrlich über Oppen, und Oppen fühlt sich von Ehrlich beleidigt.
Selbst als Regina Stern eine Einladung zu einer Housewarming-Party, verbunden mit einer kleinen Faschingsfeier, ausspricht, zeigen sie sich

störrisch. Nein, beide behaupten, verhindert zu sein, keiner will dem anderen auf dieser Party begegnen. Da hilft kein gutes Zureden, kein freundliches Bitten, Oppen ist genauso stur wie Ehrlich. Dabei wünschen sich doch beide von ganzem Herzen, endlich einen näheren Kontakt zu der charmanten Regina knüpfen zu können.
Frederike Oppen hat dies natürlich längst erkannt, und so vertraut sie jedem ihrer Söhne insgeheim an, daß der jeweils andere keinesfalls zu der Party erscheinen werde.
Das löst den Knoten.
Und natürlich begegnen sie sich dann doch, der Oppen und der Ehrlich, als sie erwartungsvoll, jeder mit einem wertvollen Einzugsgeschenk in der Hand, bei Regina erscheinen. Was die Sache keineswegs erträglicher macht, ist der Umstand, daß sie beide, einem Ratschlag Klaras folgend, als Cäsaren auftreten.
»Wie kommst du dazu, mein Kostüm zu kopieren?« schimpfen sie wie aus einem Munde.
Doch dann bemühen sie sich, Regina gegenüber ihren ganzen Charme walten zu lassen.
Das können sie. Und Regina zeigt sich für ihre Komplimente sehr empfänglich.
Klara, die mit ihrem Siggi ebenfalls eingeladen ist, beobachtet das mit wachsendem Vergnügen. »Sieh nur, wie die beiden sich gegenseitig den Rang ablaufen!«
Siggi findet das nicht ganz so amüsant. »Die sind

eigentlich zu alt für solche Spielchen, findest du nicht?«
»Na ja. Wie man's nimmt.«
Damit ist für die zwei das Thema abgeschlossen. Sie haben schließlich sehr viel wichtigere Dinge miteinander zu besprechen.
Es herrscht allgemein eine ausgesprochen vergnügte Stimmung. Trotz ihrer anstrengenden Arbeit hat Regina Zeit gefunden, das Häuschen karnevalsmäßig zu dekorieren. Sie hat eine Menge vergnügter Leute eingeladen, Kollegen aus dem Betrieb und deren Freunde. Frank Norman, als Cowboy verkleidet, ist stets in ihrer Nähe und geht ihr auch hier, genau wie in ihrem Atelier, hilfreich zur Hand. Er sorgt dafür, daß die Gäste zu trinken haben, achtet darauf, daß die Aschenbecher geleert und die Köstlichkeiten des kalten Buffets nachgefüllt werden. Und schon bald geht es hoch her. Alles lacht, alles freut sich, aus der Stereoanlage tönt Tanzmusik, Luftschlangen fliegen hin und her, Konfetti regnet über die Tanzenden, Luftballons schweben unter der Decke.
Die einzigen, welche die Fröhlichkeit nicht so recht angesteckt hat, sind Oppen und Ehrlich. Jeder versucht, dem anderen aus dem Weg zu gehen, beide bemühen sich heftig um Regina, beide tanzen mit ihr. Und beide kommen mit dem modernen Rhythmus nicht so ganz zurecht.
Regina trägt es mit Fassung. Doch dann, so

meint sie, muß sie sich auch den anderen Gästen widmen.
Was sie ›andere Gäste‹ nennt, besteht in erster Linie aus Frank Norman. Er ist ein hervorragender Tänzer, und sie fühlt sich offenkundig sehr wohl in seinen Armen.
Indessen hat sich eine etwas füllige Dame an Ehrlich herangemacht. Sie trägt ein wenig schmeichelhaftes Kapitänskostüm, die Beine kokett übereinandergeschlagen, sitzt sie neben ihm auf der Couch und hält ihm ein bis zum Rand gefülltes Schnapsglas an die Lippen. »Trink, Cäsar, trink! Spül den Ärger runter!«
»Wer sagt, daß ich mich ärgere?«
»Ich sage das. Prost!«
Widerwillig nimmt er einen Schluck.
»Siehst du, es geht doch«, lobt die Kapitänsdame. »Nun guck nicht dauernd auf die Regina. Die hat jetzt ihren Cowboy, da kannst du keine Schlacht mehr schlagen. Ich mach dir 'n Vorschlag. Gehen wir zu mir nach Hause, da kannst du ganz Gallien erobern!«
Ehrlich macht sich aus ihrer Umarmung frei. »Ich fühle mich hier ganz wohl«, lügt er, steht auf, geht an die Bar und gießt sich das Glas von neuem voll.
Regina tanzt mit ihrem Norman an ihm vorbei. »Wollen Sie nicht mit der Kapitänin ein bißchen tanzen?« fordert sie ihn lachend auf.
Ehrlich sieht sie nur wie ein verwundeter Stier an.
Inzwischen erhält Oppen Zuspruch von seiner

Tochter. »Ärger dich nicht, Papa, es ist ja noch nicht aller Tage Abend.«
Er zuckt die Schultern.
»Heute hast du jedenfalls keine Chancen«, lacht sie und gibt ihm einen kleinen Trostkuß.
»Was meinst du denn damit?«
»Mensch, Papa, ich sehe doch, wie du die Regina anstarrst. Aber gib den Mut nicht auf! So einen Cowboy zieht es bald wieder in die Prärie zurück, und dann hast du freie Bahn.«
»Ich starre hier niemanden an!« behauptet Oppen. »Ich amüsiere mich!«
Klara hat keine Gelegenheit, das Gespräch fortzusetzen. Siggi Stuckwitz bläst Oppen mit einer Karnevalsflöte in die Ohren und sagt, er habe etwas ungeheuer Wichtiges mit Klara zu besprechen.
Hartnäckig hält Oppen an seinem Entschluß fest, sich weiter zu amüsieren. Er drängt sich zwischen den Tanzenden zur Bar durch, gießt sich ein Weinglas voll Doppelkorn und sucht dann nach einem stillen Plätzchen, um sich in Ruhe seinem Amüsement hinzugeben. Er findet das Plätzchen in der Küche.
Doch hier sitzt schon sein Bruder, ein Bierglas in der einen, ein Schnapsglas in der anderen Hand.
»Na?« grüßt er schlecht gelaunt.
»Na?« antwortet Oppen und setzt sich zu ihm.
»Ach ja, der Alkohol!« Ehrlich ist ins Philosophieren geraten. »Manche bezeichnen ihn als

Geißel der Menschheit. In Ziwi – zi*wischen*ver*wandent*schaftlichen Beziehungen kann er hin*gegener*seits ganz friedfertig sein.«
»Du sprichst ein wahres Wort verschlafen aus«, bestätigt sein Bruder und nippt an seinem Glas. Er nippt in einem fort.
Sie nippen beide in einem fort...
Es ist spät geworden, oder genauer gesagt: früh. Die zwei Cäsaren sitzen einträchtig in Ehrlichs Wagen, der seit gestern abend vor Reginas Haus geparkt steht. Vor einer Dreiviertelstunde haben sie unter Mitnahme einer Flasche Genever die Party verlassen. Da Ehrlich der Meinung war, sein Bruder könne in diesem Zustand unmöglich radfahren, hat er großzügig angeboten, ihn im Auto nach Hause zu kutschieren. Kaum aber saßen sie im Wagen, als Oppen der Verdacht kam, auch Hinner in seinem Zustand könne nicht mehr Auto fahren. So sitzen sie noch immer, in tiefsinnigen Gedanken, hinter den Scheibenwischern, die trotz der guten Wetterlage surrend hin und her schwingen, und harren eines gnädigen Wunders, das sie nach Hause befördern soll.
»Es regnet ja gar nicht«, konstatiert Oppen mit schwerer Zunge.
»Soll das eine Kritik sein?«
»Keine Kritik. Nur ein sachdienlicher Hinweis über die Tatsache, daß es nicht regnet.«
»Auf!«
»Bitte, wie?«

»*Auf* die Tatsache, heißt es. Ein Hinweis *auf*. Deutsche Sprache!«
»Klugscheißer!«
»Danke.«
»Es regnet trotzdem nicht.«
»Na und?«
»Desderwegen ist es auch so kalt bei dir. Ich friere.«
»Dann trink einen Schluck. Das wärmt.«
»Weil du die Scheibenwischer angestellt hast, du Trottel. Statt der Standheizung.«
»Hast du Trottel gesagt?«
»Ja.«
»Ach so. Ich dachte schon, ich habe mich verhört.«
»Siehst du, Otwin, das beruhigt. Du bist zwar besoffen, aber deine Ohren *fungschonieren optamil.*«
»Optimal.«
»Sag' ich ja.«
»Außerdem ver*bitte*re ich mir deine Beleidigungen!«
»Sehr gut. Ich nehme das wohlwollend zur Kenntnis.«
»Ich bin nicht besoffen.«
»Sondern?«
»Höchstens ein klein wenig bißchen betrunken.«
Oppen hält dies für einen brauchbaren Kompromiß. Sie einigen sich, daß sie beide ein klein wenig bißchen betrunken sind, und stellen gleichzeitig mit Bedauern fest, daß die Geneverflasche schon

fast leer ist. Nachschub aber können sie nicht mehr holen. Denn sie haben beobachtet, wie Regina vor einer Viertelstunde die Haustür abgeschlossen hat.
»Die Party ist zu Ende. Wir sind die letzten. Es sind alle gegangen.«
»Jawoll«, nickt Ehrlich. »Den Clown hab ich fortgehen gesehen und den Scheich.«
»Die Kapitänin ist auch weg, und das Ringelhemd ...«
»Und die Pappnase, der Indianer, Madame Dubarry ...«
»Sie sind alle fort. Alle.« Plötzlich stockt Oppen. »Aber der Cowboy – wo ist der Cowboy? Den hab' ich nicht weggehen gesehen.«
»Ich auch nicht.«
»Vielleicht ist der hinten raus, der Cowboy?«
»Glaub' ich nicht.«
»Ich auch nicht.«
Die Brüder sehen sich betroffen an. Ihrem Cäsarenblick ist nicht entgangen, daß das Licht im Parterre des Hauses gelöscht, kurz darauf aber im ersten Stock eingeschaltet worden ist. In Reginas Schlafzimmer!
»Der wird doch nicht etwa ...« mutmaßt Ehrlich.
»Doch, ich glaube, er wird.«
»So ein Aufreißer!«
»Schürzenjäger!« assistiert Oppen.
»Casanova!«
»Stenz! Und so was stellst du bei dir ein!«
»Versteh' ich auch nicht.«

Die beiden Cäsaren trösten sich mit weltentrückten Gedanken und kommen überein, daß gemeinsam ertragenes Leid den Seelenschmerz hilfreich zu lindern in der Lage sei. Es dauert eine Weile, bis sie diesen komplizierten Geistesblitz befriedigend formuliert haben.
Dann stellt Ehrlich den Scheibenwischer ab.
»Ich fahre dich jetzt nach Hause.«
Oppen erinnert sich jedoch, daß er nicht nur Cäsar ist, sondern auch Bürgermeister.
»Als ein solcher aber«, mahnt er, »kann ich nicht zulassen, daß du Auto fährst. Also?«
»Also?«
»Gehen wir zu Fuß.«
Sie wälzen sich aus dem Wagen und schreiten einträchtig, sich gegenseitig Halt und Stütze gewährend, der eine auf dem Bürgersteig, der andere im Rinnstein, der Morgendämmerung entgegen.
Dabei versäumen sie es, noch einmal zu Reginas Haus zurückzusehen. Sonst hätten sie nämlich festgestellt, daß das Licht im Schlafzimmer aus- und dafür in dem kleinen Nebenzimmer angegangen ist.
Frank Norman, auch im Adamskostüm eine ansehnliche Erscheinung, beugt sich hier über Reginas Entwürfe, die auf ihrem Arbeitstisch liegen, und betrachtet sie mit großem Interesse. Er nickt zufrieden, löscht das Licht, huscht in das Schlafzimmer zurück und schiebt sich behutsam zu der sanft schlummernden Regina unter die Bettdecke.

Am Sonntagmittag freut sich Frederike Oppen, mal wieder die ganze Familie versammelt zu sehen. Während ihres nächtlichen Heimwegs haben die beiden Brüder ausfindig gemacht, daß der weite Weg zu Ehrlichs Haus am Stadtrand zu strapaziös sei, und sind deshalb nur bis zur Villa Oppen gestolpert, wo sich Otwin im Fremdenzimmer zur Ruhe gelegt hat.
Jetzt sitzen sie alle um den Mittagstisch, Klara und Frau Frederike mit bestem Appetit, Otwin und Heinrich mit einem fürchterlichen Kater.
»Hast du nicht irgendwelche Tabletten im Haus?« fragt Otwin wehleidig.
»Was für Tabletten?
»Für Kopfschmerzen.«
»*Gegen* Kopfschmerzen!« korrigiert sein Bruder.
Mama Oppen schüttelt den Kopf. »Für so was habe ich keine Tabletten«, sagt sie streng. »Wenn man sündigt, muß man leiden.«
Diese Bemerkung führt noch einmal zu einer der seltenen Demonstrationen brüderlicher Einigkeit.
»Du bist brutal!« sagt der eine.
»Du bist entmenscht«, sekundiert der andere.
»Ihr müßt ja ganz schön gesoffen haben!« tadelt Frederike.
»Getrunken«, verbessern die Brüder gemeinsam.
»Sie hatten ja auch allen Grund dazu«, nimmt Klara sie in Schutz und lacht Vater und Onkel an. »Und das alles nur wegen so einer Frau. Also wirklich, ich finde das echt übertrieben.«

Frau Oppen mustert vergnügt ihre Söhne. »Habt ihr euch mal wieder in die gleiche Frau verliebt?«
»Aber wieso denn?«
»Nein, natürlich nicht!«
»Sie hatten nur zufälligerweise das gleiche Kostüm an«, freut sich Klara.
»Und sind zufälligerweise hinter der gleichen Frau her«, freut sich ihre Großmutter.
»Du hast leicht lachen!« erbost sich Heinrich. »Du bist doch an allem schuld! Ich wollte ja gar nicht zu der Party.«
»Genau!« bläst sein Bruder ins gleiche Horn. »Ich auch nicht. Wenn du das nicht eingefädelt hättest, Mama, dann wären wir beide nicht dort gewesen. Dann hätten wir nicht getrunken, dann hätten wir diese Frau nicht gesehen und ihren Galan, dann hätten wir nicht gestritten und ...«
»*Haben* wir denn gestritten?« wundert sich Heinrich.
Verblüfft sieht Otwin ihn an. Ihm scheint der Gedanke recht unerquicklich zu sein, daß zwischen ihm und seinem Bruder Eintracht herrschen könnte. »Na, egal! Dann hätten wir jetzt auch keinen Kater. Punkt.«
Mutter Oppen bequemt sich nun doch, ein paar Kopfschmerztabletten zu spendieren. Um ihre Söhne nicht weiter zu peinigen, wendet sie sich an Klara und fragt, wie sie denn den Abend verbracht habe.
»Na ja«, antwortet Klara erschöpfend.

»Waren nette junge Leute da?«
»Ich glaube schon.«
»Du *glaubst?*«
»Sie hatte ja nur Augen für ihren Siggi«, nörgelt Oppen. »Ich habe nicht gesehen, daß sie auch nur *einmal* mit jemand anderem getanzt hätte.«
»Warum sollte ich auch?« verteidigt sich Klara. »Schließlich bin ich mit Siggi verlobt!«
Mutter Oppen findet das ganz richtig. Sie hofft nur, daß sie nicht zu heißblütig miteinander getanzt haben.
»Warum denn nicht?«
»Na, wegen deines Zustandes, Kind.«
»Ach, Oma, Schwangerschaft ist keine Krankheit. Ich fühle mich wohl.«
»Na und?« fragt ihr Vater. »Was ist denn nun mit euch beiden? Wenn ich mich nicht täusche, habt ihr die Absicht zu heiraten?«
Damit tippt er einen wunden Punkt an. Natürlich wollen die beiden heiraten. Und dies so bald wie möglich. Aber ehe sie eine Familie gründen, wollen sie auch ein Heim haben. Und damit hat's seine Schwierigkeiten. Selbst in einer Kleinstadt wie Reichenberg herrscht erheblicher Wohnraummangel.
»Kannst du denn da gar nichts machen«, fragt Frederike ihren Sohn Heinrich. »Als Bürgermeister...«
Oppen hebt bedauernd die Schultern. »Da habe ich wenig Einfluß. Und eine Sozialwohnung kann

ich nicht freimachen. Was glaubst du, was dann der Gemeinderat sagen würde.«
»Ist auch nicht nötig, Paps«, beruhigt ihn Klara. »Das geht alles seinen Weg. Wir haben längst den Häberwald beauftragt.«
Erich Häberwald ist der einzige Immobilienmakler von Reichenberg und daher auch der beste. Großmutter und ihre Söhne sind jedoch übereinstimmend der Meinung, daß die Kinder bei ihm in guten Händen seien. Leider hat er bis jetzt noch nichts gefunden.
»Siggi ruft ihn jede Woche an. Aber er sagt, Häberwald ist eine Flasche, der bringt einfach nichts. Der Mann hat kein Format!«
Frederike Oppen runzelt die Stirn. »Sagt Siggi?«
Klara nickt.
»Vielleicht findet dein Siggi ja auch nicht den richtigen Umgangston«, sagt Frederike nachdenklich. »Ich an deiner Stelle würde mich mal selbst drum kümmern.«
Klara hält das für total überflüssig.

Regina und Frank verleben indessen einen recht ungestümen Sonntag. Sie verbringen fast den ganzen Tag im Bett, und erst am Abend fällt es Regina ein, daß sie ja ihr Häuschen wieder in Ordnung bringen muß.
Im Erdgeschoß sieht es aus, als hätten hier Apachen und Komanchen eine Verderben bringende Schlacht ausgefochten. Doch die Liebenden neh-

men es gelassen. Regina bereitet einen kräftigen Imbiß zu, und danach gehen sie gemeinsam daran, die Bude auf Vordermann zu bringen.
Das dauert bis zum späten Abend, und anschließend verbringen sie wieder eine anstrengende Nacht.
Es nimmt daher nicht wunder, daß sie keinen besonders ausgeschlafenen Eindruck machen, als sie am Montag zur Arbeit fahren. Kurz vor den Ehrlich-Werken trennen sie sich, um keinen Argwohn zu erwecken. Bald darauf treffen sie sich in Reginas Atelier wieder.
»Guten Morgen, Herr Norman! Haben Sie einen angenehmen Sonntag verbracht?«
»Vielen Dank. Ich kann wirklich nicht klagen.«
»Oh, das freut mich.«
»Das hoffe ich doch sehr!«
Danach stürzen sie sich in die Arbeit. Auch jetzt interessiert sich Norman lebhaft für die Entwürfe, mit denen sich Regina beschäftigt.
»Ich habe ja schon 'ne Weile mit Klamotten zu tun«, sagt er bewundernd, »aber deine Entwürfe sind wirklich allererste Sahne!«
»Du hast ja kaum was gesehen.«
»Na, das läßt sich ja nachholen«, meint er und vertieft sich in ihre Zeichnungen, die verschiedene Ausschnittformen darstellen.
Doch das mag sie nicht. »Laß die Finger davon! Ich will nicht, daß das jemand ansieht, bevor es ganz ausgereift ist.«

»Was soll denn da noch weiter reifen?« lacht er. »Ist doch spitze!«

Er meint aber nicht die Zeichnungen, sondern ihren eigenen Ausschnitt. Gerade als sie ihm, über das Kompliment erfreut, einen Kuß gibt, erscheint Otwin Ehrlich in der Tür.

»Pardon, störe ich?«

Die beiden stieben auseinander.

Ehrlich bemüht sich, Fassung zu zeigen. »Ihre Privatangelegenheiten gehen mich nichts an, Herr Norman, aber ich wäre Ihnen dankbar, wenn Sie die auch privat erledigen würden.«

»Entschuldigung!« Norman verdrückt sich.

Regina und Ehrlich stehen sich unschlüssig gegenüber. Er hatte, weiß Gott, nicht vor, ihr irgendwelche Vorhaltungen zu machen. Im Gegenteil. Er wollte ihr eigentlich nur für ihre Gastfreundschaft danken und sie zur Entschädigung, daß er bei der Feier so ausgeflippt ist, zu einem Hummeressen einladen. Natürlich mit dem Hintergedanken, ihr wieder etwas näherzukommen. Doch diesen Gedanken läßt er jetzt, nach der neuerlichen Begegnung mit diesem Frank Norman, schnell wieder fahren.

»Ich wollte eigentlich nur sagen«, beginnt er zögernd, »daß es mir sehr leid tut – ich meine, das bei Ihrem Fest am Sonnabend. Mein Bruder hat sich da unmöglich benommen ...«

Das Büro ist nicht zu klein, nicht zu groß. Es ist

nicht zu modern und nicht zu altmodisch ausgestattet. Es entspricht genau dem Standard, der in Reichenberg auf einen seriösen, mittelständischen Geschäftsmann hinweist. Erich Häberwald hat bei seiner Einrichtung äußerste Sorgfalt darauf verwendet, daß seine Kundschaft sich bei ihm wie zu Hause fühlt.

»Und was, mein verehrtes Fräulein, kann ich für Sie tun?« fragt er, nachdem er Klara Oppen den etwas unbequemen, aber stramm gepolsterten Besuchersessel angeboten hat.

»Ja, meine Großmutter hat mir empfohlen, mich mal direkt an Sie zu wenden.«

»Ach ja? Wie geht es der gnädigen Frau? Ich bin ihr erst unlängst einmal im Stadtpark begegnet. Sie sieht noch ausgesprochen rüstig aus, mein Kompliment, wie steht's mit der Gesundheit?«

Klara berichtet über die Gesundheit ihrer Großmutter, über ihre eigene und die ihres Vaters, ehe sie auf ihr eigentliches Anliegen zu sprechen kommt. »Es geht um unsere Wohnung. Mein Bräutigam und ich wollen ja heiraten, und ...«

»O ja!« begeistert sich Häberwald. »Es erfüllt mich immer mit Freude, wenn zwei unserer jungen Reichenberger Bürger den Bund fürs Leben zu schließen beabsichtigen. Wann ist es denn so weit?«

»Ja, Herr Häberwald, das hängt von Ihnen ab. Wir haben Sie ja gebeten, uns möglichst rasch eine passende Wohnung zu vermitteln.«

»Das ist mir durchaus bekannt, und ich versichere Ihnen, es war eine gute Entscheidung. Ich kann mit Stolz sagen, daß es mir noch immer gelungen ist, den Menschen, die sich vertrauensvoll an mich wenden, ein Dach über dem Kopf zu schaffen. Darf ich Ihnen eine Tasse Kaffee anbieten? Oder einen Tee? Ein paar Kekschen vielleicht?«
Klara möchte keinen Kaffee, keinen Tee, keinen Keks, sie möchte erfahren, warum Herr Häberwald noch immer keinen Wohnraum für sie gefunden hat.
»Mein verehrtes Fräulein Oppen, hier muß es sich wohl um ein kleines Mißverständnis handeln«, erwidert Häberwald eifrig und beginnt, in einem Aktenbündel zu kramen. »Soviel ich mich erinnere, habe ich Ihrem Herrn Verlobten – ich kenne ihn ja schon als kleinen Jungen in kurzen Hosen – hat er nicht mal im Kirchenchor gesungen?«
»Da müssen Sie ihn verwechseln. Mein Siggi singt nicht in Chören.«
»Ach ja.« Häberwald läßt die Akten durch seine Finger gleiten wie eine Gemüsefrau die Kohlrabistauden. »Dann ist es der, der am Weihnachtsabend zwei Straßenlaternen mit dem Luftgewehr zerschossen hat. Jedenfalls habe ich ihm in den letzten Wochen schon...« Endlich hat er die Akte gefunden. Er blättert sie auf, rückt seine Brille zurecht und vertieft sich in die Papiere. »Jawohl«, verkündet er dann mit der Stimme eines Auktio-

nators, der für ein Minimalgebot den Zuschlag gibt, »ich habe Ihrem Herrn Verlobten schon fünf Angebote gemacht.«
»Fünf Angebote? *Fünf?*«
»Drei Zweizimmerwohnungen, zwei Dreizimmerwohnungen«, versichert Häberwald. »Zuletzt eine ganz reizende Dreizimmerwohnung in der Bachstelzenstraße, herrliche Lage, am Stadtrand, absolut ruhig, Terrasse und kleiner Garten, Hanglage mit Blick auf das Rothaargebirge, 85 Quadratmeter, voll unterkellert, Garage, genügend Speicherraum, Küche ist eingerichtet, Mietpreis beträgt 860 Mark, zwei Monatsmieten Kaution, es genügt aber auch eine Bankbürgschaft.«
»Aber das klingt ja fabelhaft!« ruft Klara. »Das ist genau das, was wir suchen. Wann kann man sich die Wohnung ansehen?«
»Oh, verehrtes Fräulein Oppen, das ist jetzt zu spät.«
»Wieso? Warum?«
»Die Wohnung ist vermietet. An eine ältere Dame aus Gütersloh.«
»Aber wie konnten Sie? Wir als gebürtige Reichenberger sollten doch da einen gewissen Vorrang genießen!«
Häberwald streitet das gar nicht ab. Er habe, wie er wortreich beteuert, sein Leben lang den Reichenberger Mitbürgern ein gewisses Erstrecht eingeräumt, selbst wenn ihm die Zugereisten verlokkende Provisionsangebote gemacht hätten, aber

ihr verehrter Verlobter, der Herr Stuckwitz, habe das Angebot abgelehnt.
»*Abgelehnt*? Hat ihm die Wohnung nicht gefallen?«
»Er wollte sie ja nicht einmal besichtigen.«
Klara weiß nicht, was sie sagen soll. Ihr kommt es vor, als falle sie in einen tiefen, tiefen Brunnen, und unten ist nicht einmal Wasser.
»Ich werde mit meinem Verlobten sprechen«, sagt sie, während sie, begleitet von schmeichelhaften Abschiedsfloskeln des Herrn Häberwald, das Maklerbüro verläßt.

»Von Weidenbach«, stellt sich der Herr mit dem Spitzbauch vor, wobei er das ›von‹ mit einem kleinen, singenden Akzent betont. »Ich habe geschäftlich im schönen Reichenberg zu tun und dachte, ich könne die Gelegenheit nützen, Ihnen einen kurzen Besuch zu machen.«
Heinrich Oppen ist nicht erstaunt. Sein Bruder Otwin hat ihn bereits telefonisch vom Besuch seines Geschäftsfreundes aus Marl verständigt. »Ja, mein Bruder hat mich schon informiert, Herr von Weidenbach, nehmen Sie doch Platz, bitte.«
Weidenbach bringt ganz schön viel Gewicht auf die Waage. Er ächzt ein bißchen beim Hinsetzen, knöpft Mantel und Jackett auf und sagt tiefgründig: »Ja, ja.«
»Sie sind Waidmann, habe ich gehört?«
»Das stimmt. Noch dazu ein ganz enthusiastischer.«

Wie eklig! denkt Oppen, aber er lächelt dabei.
»Bei uns in Marl habe ich leider sehr wenig Gelegenheit zum Jagen«, fährt Weidenbach fort, »aber Ihr Herr Bruder meint, Sie könnten mir vielleicht eine Einladung zur Jagd des Grafen Knippenberg für nächsten Sonntag vermitteln. Sie kennen doch den Grafen?«
»Natürlich kenne ich ihn. Guter alter sauerländischer Adel.« Mehr sagt Oppen nicht. Er weiß, es ist immer von Nutzen, wenn man die Gesprächspartner auflaufen läßt.
»Nun«, setzt der dicke Baron neu an, »ich meine, wenn ich eine Einladung zu der Jagdgesellschaft bekommen könnte ...« Er blinzelt Oppen vieldeutig zu.
»Ja?«
»Dafür wäre ich sehr dankbar.«
Oppen macht ein besorgtes Gesicht. »Ganz einfach dürfte das nicht sein. Der alte Herr Graf ist mitunter ein bißchen mäklig, wissen Sie.«
»Aber *Sie* bekommen doch sicher eine Einladung?«
»Ja. Leider kann ich das nicht umgehen.«
»Leider?«
»Na, ich mache mir nichts aus dem Totschießen von Tieren.«
»Ach so. Ja, das gibt's.«
Das Gespräch droht, sich totzulaufen. Daher legt Oppen schnell ein Angebot auf den Tisch.
»Ist Ihnen eigentlich bekannt«, fragt er gedehnt,

»daß Graf Knippenberg ein ganz besonderes Faible für unsere Freiwillige Feuerwehr hat?«
»Ach ja?«
»Und das Spritzenhaus braucht dringend einen neuen Anstrich.«
»Verstanden. Wieviel?«
»Oh«, antwortet Oppen bescheiden, »das ist ganz allein Ihre Entscheidung.«
Der Baron nickt, zieht ein Kuvert aus der Tasche, überreicht es Oppen. Nun, ganz so bescheiden ist der nun auch wieder nicht. Nachdem er einen kurzen Blick in den Umschlag geworfen hat, fällt ihm ein, daß die Feuerwehr auch neue Schläuche benötigt, und schließlich, daß der Chef der Freiwilligen Feuerwehr im Hauptberuf Jagdverwalter des Grafen ist.
Der Baron ist auf alles gefaßt. »Ihr Bruder hat mir erzählt, wie das hier funktioniert«, sagt er und gibt Oppen den dritten Umschlag.
»Warum haben Sie das nicht gleich gesagt?
Der Baron grinst. »Ich wollte mir anschauen, wie Sie das machen.«
»Und? Hat es Ihnen gefallen?«
»Ich wäre ganz zufrieden, wenn ich jetzt Ihre Zusage bekäme.«
Verschmitzt nickt Oppen ihm zu. »Aber ja doch. Ich denke, daß ich unseren verehrten Herrn Grafen überzeugen kann.«
Weidenbach erhebt sich. »Ergebenen Dank!«
Oppen begleitet ihn zur Tür. Dabei vertraut der

Baron ihm an, er habe noch zwei weitere solcher Umschläge parat gehabt. Das dämpft ein wenig Oppens Wohlbehagen.

»Waidmannsheil, Herr von Weidenbach!«

»Waidmannsdank!«

Oppen geht langsam zu seinem Schreibtisch zurück. Dabei blickt er, seiner Gewohnheit entsprechend, zum Fenster hinaus auf den Rathausplatz. Ein hübsches, malerisches Bild. Heute ist Markttag. Oppen liebt es, das muntere Treiben dort unten zu beobachten. Er bleibt einen Moment am Fenster stehen.

Aber halt, wer kommt denn da? Das ist doch dieser Casanova von Cowboy, der ihm den Faschingsabend bei Regina so gründlich vermiest hat! Frank Norman! Nur trägt er heute einen ganz normalen Jeansanzug. Und er scheint guter Dinge zu sein, dieser Strolch! Er ist gerade dabei, am Blumenstand einen riesigen Strauß zu kaufen. Für wen wohl? denkt Oppen grimmig. Für Regina natürlich! So ein Schleimscheißer!

Wie ein Tabernakel trägt der jetzt den Strauß durch die Menge der Kauflustigen hindurch zu seinem Trabbi, der direkt dem Rathaus gegenüber geparkt ist. Doch bevor Norman dort ankommt, scheint er etwas zu entdecken. Oppen schaut in seine Blickrichtung und erkennt sofort das Objekt seiner Aufmerksamkeit: Es ist der Baron von Weidenbach, der seinen dicken Bauch behäbig zu einem Würstchenstand schleppt.

Auf einmal zieht Norman den Kopf ein, wendet sich nach links und geht ein paar Schritte, wendet sich nach rechts, dreht sich noch mal um und weicht zu dem Blumenstand zurück, wo er nun noch einen Strauß erwirbt.
Für Oppen scheint es ganz klar: Der Mann legt Wert darauf, von dem Baron nicht gesehen zu werden.
Wie ein frisch aufgezogenes Tanzpüppchen hüpft Oppen in einer Kehrtwendung herum und rennt aus dem Zimmer, den Korridor entlang, die Treppe hinunter und auf den Rathausplatz.
Hier verlangsamt er seine Schritte, schlängelt sich aber zielstrebig zwischen den Leuten hindurch in Richtung auf den hellblauen Trabbi, wo er dann – »Was für ein Zufall!« - Frank Norman gegenübersteht, der gerade mit seinen beiden Sträußen einsteigen will.
»Guten Tag, Herr Norman!«
»Oh, Herr Bürgermeister!« Der junge Mann wirkt ein bißchen verwirrt.
»Hatten Sie Ihr Auto verloren?« fragt Oppen mit gekünsteltem Lachen.
»Wieso?«
»Na ja . . .« Oppen läßt noch mal die Zähne blitzen. »Sie sind so absonderlich hin- und hergelaufen, mal dahin, mal dorthin. Ich habe das zufällig vom Fenster aus gesehen.«
»Ach ja. Ich hatte ein bißchen die Orientierung verloren. Kann ja mal vorkommen.«

Oppen bestätigt gern, daß so etwas ab und zu passiere. »Schöne Blumen haben Sie da! Und gleich zwei Sträuße! Sie kaufen auf Vorrat? Originell!«
Norman legt die Sträuße in den Wagen. »Der eine für zu Hause, der andere fürs Büro.« Er will einsteigen.
»Apropos zu Hause.« Lächelnd lehnt sich Oppen gegen Normans Wägelchen. »Soviel ich weiß, haben Sie sich noch gar nicht angemeldet.«
»Wie bitte?«
»Na, beim Einwohnermeldeamt. Sie haben ja jetzt in Reichenberg einen Arbeitsvertrag, da müssen Sie sich anmelden. Auch wenn's nur der zweite Wohnsitz ist.«
Norman sieht das ein. Er wird es so bald wie möglich nachholen. Jetzt steigt er in den Wagen, will die Tür schließen.
»Wo ist denn eigentlich Ihr erster Wohnsitz?« fragt Oppen.
»In Meiningen.«
»Meiningen?« trompetet Oppen, als sei damit das große Los gewonnen.
»Ja, das ist eine Kleinstadt in Thüringen.«
»Weiß ich, weiß ich. Mann, das ist ja ein Zufall! Mit denen haben wir wochenlang in Verbindung gestanden. Wegen einer Städtepartnerschaft, denken Sie nur!«
Norman starrt ihn erschrocken an. »Ah... ja... das wird das andere Meiningen sein.«

»Ein anderes Meiningen? Gibt's das?«
»Aber ja.«
»In Thüringen?«
»Warum nicht? Es gibt ja auch zwei Frankfurts.«
Er schließt endlich den Wagenschlag. Durch das geöffnete Fenster erklärt er noch schnell: »Wo ich herkomme, das kennen Sie gar nicht, das ist ein ganz kleines Kaff.«
Er hat es jetzt ungeheuer eilig.
»Ach, Herr Norman!«
»Ja, bitte?«
Oppen schaut böse schmunzelnd auf die Blumen.
»Schönen Gruß an Frau Stern!«
»Ja. Ich werd's ausrichten.«
Norman gibt Gas. Er ist sehr erleichtert, daß ihn der Bürgermeister nicht gefragt hat, wo denn nun genau *sein* Meiningen liege.
Doch da täuscht er sich ein bißchen in Heinrich Oppen. Den kostet es nur ein einziges Telefongespräch, bei dem ihm bestätigt wird, daß es in Thüringen kein zweites Meiningen gibt.

Siggi Stuckwitz ist groß in Form. In Ehrlichs Textilfabrik hat er ein eigenes Büro bekommen, wo der Chef ihn schalten und walten läßt, wie er gerne möchte. Er hat sogar eine Sekretärin, die ihm halbtags zur Verfügung steht. Siggi hat große Pläne. Er beabsichtigt, die Werbung von den kleinformatigen Reklameprospekten, die man bisher verschickt hat, auf anspruchsvolle Glanzpapier-Kataloge umzustellen. »Das macht Eindruck!« sagt er immer wieder, »damit erobern wir Märkte!«

Nur mit Regina Stern gibt es mitunter Reibereien. Die informiert ihn nur hinhaltend und lückenhaft, wenn er sich alle zwei Tage nach dem neuesten Stand der Kollektion erkundigt. Sie hält ihn für einen Wichtigtuer. Und unsympathisch ist er ihr obendrein.

Mit seinem Chef hat er ein etwas leichteres Spiel. Der hört zwar kaum hin, wenn Siggi ihm seine zukunftsweisenden Pläne vorträgt, aber er widerspricht auch nicht.

»Machen Sie nur, bereiten Sie alles vor«, läßt er Siggi ein ums andere Mal wissen, »und wenn wir so weit sind, dann sehen wir schon.«

»Ich denke mir«, verkündet Siggi eines Tages, »wir sollten baldmöglichst auch in die Rundfunk- und Fernsehwerbung einsteigen.«

»Aha?« anerkennt Otwin Ehrlich.

»Damit erobern wir Märkte!«

»Aber es kostet auch Geld. Eine Menge Geld!«

Siggi nickt sachkundig. »Das habe ich selbstverständlich bedacht und auch schon eine Lösung gefunden. Man kann die Unkosten relativ gering halten, wenn man darauf verzichtet, eine der großen Werbeagenturen einzuschalten.«

»Kennen Sie denn eine kleine Agentur?«

»Daran denke ich gar nicht, Herr Ehrlich! Ich habe mich mit dem Reichenberger Filmclub in Verbin-

dung gesetzt. Mit dessen Hilfe können wir die Werbespots in eigener Regie erstellen.« Triumphierend lehnt er sich in seinem Stuhl zurück und schlägt die Beine übereinander. »Wie finden Sie das?«
»Ja, machen Sie nur, lieber Stuckwitz, bereiten Sie alles vor. Und wenn wir so weit sind, sehen wir schon.«
Siggi nimmt es als Ermutigung.

»Dein Onkel hat volles Vertrauen zu mir«, sagt er am Abend zu Klara. »Er läßt mir in allem freie Hand.«
Sie sind in seinem Wagen zu einem kleinen Stausee hinausgefahren, wo sie nun am Uferweg einen Abendspaziergang machen.
»Und was bewirkst du mit deiner ›freien Hand‹?« fragt sie.
»Ich bringe ihm bei, in neuen Kategorien zu denken!«
»Ach ja? *Du* bringst *ihm* was bei?«
»Ja, es ist Zeit, daß ihm mal jemand die Augen öffnet! In der ganzen Stadt hat man sich doch an den Stillstand gewöhnt!« Er deutet auf den See hinaus. »Siehst du, so ist das Leben hier in Reichenberg! Alles angestaut, aufgespart, angesammelt. Tot, leblos, ohne Fluß! Das mache ich nicht mit! Ich bringe Bewegung in die Bude!«
Sie bleibt stehen. »Sag mal, Siggi, hast du dir da nicht ein bißchen viel vorgenommen?«

»Ach, Klara, mein Schatz«, schwärmt er, »ich habe große Ziele! Und ich werde sie erreichen!«
Sie sieht ihn skeptisch an. »Vielleicht erreichst du erst mal deine kleinen Ziele?«
Er ist schon ein paar Schritte weitergegangen. Jetzt wendet er sich irritiert um. »Was meinst du damit?«
»Zum Beispiel unsere Hochzeit. Wir wollten doch heiraten, bevor man mir ansieht, daß ich ein Kind bekomme, oder?«
»Aber natürlich, klar. Das machen wir schon. Sobald wir eine Wohnung haben, geht das über die Bühne. Reibungslos, ich schwör's dir!«
Klara kann diese großsprecherische Art sowieso nicht sehr gut leiden. Diesmal aber ist sie richtig wütend. »Sobald wir eine Wohnung haben? Du spinnst ja wohl! Wir hätten schon längst eine Wohnung haben können!«
»Was du nicht sagst!«
»Jawohl!« ruft sie, und ihre Stimme klingt schrill. »Ich bin nämlich selber beim Häberwald gewesen. Der hat dir eine sehr schöne Wohnung angeboten. Aber jetzt hat sie eine alte Dame aus Gütersloh! Bloß weil du zu faul warst, dir das Objekt überhaupt anzusehen!«
Siggi kratzt sich am Haaransatz. Schüttelt den Kopf. »Der Häberwald hätte mir eine Wohnung angeboten?« fragt er erstaunt.
»Ja. Am Stadtrand. In der schönsten Wohngegend! In der Bachstelzenstraße. Drei Zimmer. 860 Mark Miete.«

»Ach so, das meinst du.« Er lacht auf und nimmt sie in die Arme. »Aber mein Schätzchen, dafür habe ich dich doch viel zu lieb. Wie stehe ich denn da, wenn ich meiner Frau eine solche Wohnung zumute?!«
Sie weicht seinem Kuß aus. »Du hast sie ja noch nicht einmal gesehen!«
»Warum auch? Häberwald hat sie mir beschrieben. Viel zu klein!«
»Es sind immerhin 85 Quadratmeter!« hält sie dagegen. »Drei Zimmer und Wohnküche!«
»Und mit so was willst du dich zufrieden geben?« Er drückt seinen Arm fest um ihre Schultern. »O nein, mein Engelchen. Wenn *ich* heirate, mache ich Nägel mit Köpfen! Meine kleine Frau soll nicht in solch stickiger Enge umkommen. Du sollst frei atmen können, Klara. Ich schaffe dir großzügigen, unserem Lebensstandard angemessenen Wohnraum!« Er gibt ihr einen Kuß auf die Nasenspitze. »Und wenn wir soweit sind, dann sehen wir schon.«

Heinrich Oppen fährt auf seinem Fahrrad die kleine Anhöhe zum Schloß Knippenberg hinauf. Dort oben macht alles einen etwas schmuddeligen Eindruck, das Schlößchen und die Wirtschaftsgebäude sind in keinem guten Zustand, der parkartige Garten ist verwildert, der ganze Besitz wirkt etwas heruntergekommen. Oppen kennt natürlich den Grund. Man kann den Grafen Knippenberg zwar nicht dem ›verarmten Adel‹ zurechnen, doch fehlt ihm die geschäftstüchtige Zähigkeit, die nötig wäre, das früher glanzvolle Flair des Anwesens zu erhalten.

Oppen trifft den Graf im Garten. Er ist gerade dabei, das Laub vom letzten Jahr zusammenzurechen.

»Ja, ja, sich regen bringt Segen«, meint Oppen und reicht dem Grafen die Hand.

»Früher hat sich das Personal geregt, jetzt rege ich mich selber.« Er sagt es ohne jede Larmoyanz, denn die Arbeit macht ihm Spaß.

»Hauptsache, Sie regen sich nicht auf!«

»Hätte ich Grund dafür?«

Oppen schüttelt den Kopf. »Glaube ich eigentlich nicht.«

»Also? Was führt Sie zu mir? Sozialkritischer Grundkurs, erstes Semester?«

»Wie man's nimmt. Ich komme eigentlich wegen nächstem Sonntag.«

»Aha. Sie wollen mir mal wieder irgendeinen Jägersmann unterbuttern, hm?«

»Diesmal ist er sogar adlig!«

»Na, wenn schon.«

»Der Baron von Weidenbach aus Marl.«

»Ach, der?« Graf Knippenberg verzieht sein Gesicht zu einer burlesken Grimasse. »Blankgeputzter Neu-Adel. Wissen Sie, was den von mir unterscheidet?«

»Er hat 'ne Menge Geld.«

»Exakt. Aber das ist nicht der Grund, warum ich ihn bei meiner Jagd nicht dabeihaben will.«
»Sondern?«
Der Graf sieht ihn versonnen an. »Wissen Sie, mit Ihnen – mit dem Förster, dem Apotheker, meinen Waldarbeitern kann ich mich vernünftig unterhalten. Aber so ein frisch gebackener Edelmann bemüht sich doch stets, so zu sein, wie er's für ›standesgemäß‹ hält. Solcher Pöbelkultur bin ich nicht gewachsen.«
Oppen muß lachen. »Ach, der Weidenbach ist gar nicht so schlimm. Außerdem würden Sie mir einen persönlichen Gefallen tun, Graf!«
»Wie persönlich?«
Oppen hebt die Achseln. »Na ja, das ließe sich aushandeln.«
»Kann ich den Zaun um den Geistklingenwald ziehen?«
»Nee!« Oppen schüttelt heftig den Kopf.
»Das ist wenigstens ein klares Wort.«
»Aber ...«
»Ja?«
»Den Straßenbau durch Ihren Knittelforst, den könnte ich verhindern.«
Der Graf nickt. »Einverstanden. Dafür ertrage ich den Weidenbach!« Er streckt seine Hand aus.
Oppen schlägt ein.
»Ach, noch etwas«, sagt der Graf. »Mir ist einer der Treiber krank geworden. Könnten Sie vielleicht für Ersatz sorgen?«

»Ja, das müßte sich machen lassen«, sagt Oppen. Und auf einmal fällt ihm ein, daß das eine ganz famose Idee ist.

Sein Weg führt ihn direkt zu den Ehrlich-Werken.

»Na, hör mal!« empfängt ihn da sein Bruder mit Empörung. »Neue Schläuche, ein neuer Anstrich für das Spritzenhaus und ein Geschenkkorb für den Feuerwehrhauptmann! Wie kommst du dazu, den Weidenbach so abzuzocken?«

Oppen setzt sich. »Der Knippenberg gehört mir, verstehst du? Was es kostet, mit dem zusammenzukommen, bestimme ich!«

»Halsabschneider!«

»Bist du zu der Jagd eingeladen?«

Ehrlich hält das für eine überflüssige Frage. Natürlich ist er eingeladen. »Das könnte dir so passen, auch damit noch deinen Reibach zu machen!«

Oppen tut entrüstet. »Unter Brüdern? Das wäre ja noch schöner!« Er streckt seine Beine aus. »Aber ich habe mir gedacht, für diesen Edelcowboy, den Frank Norman, wäre es eine hohe Ehre, wenn er bei der Jagd dabeisein dürfte.«

Ehrlich hat dafür nur ein müdes Lächeln. »Sag mal, du hast sie wohl nicht alle? Den auch noch zur Jagd einladen?«

»Habe ich das gesagt? Den Norman einladen? Habe ich nicht gesagt.«

»Hast du!«
»Bei der Jagd *dabeisein*, habe ich gesagt. Natürlich nicht als Gast.«
»Sondern?«
»Als Treiber. Da könnte ich ihm einen Posten anbieten. Wird sogar bezahlt.«
Ehrlich überlegt. »Als Treiber?« Aber ihm gefällt der Gedanke nicht. »Meine Firma ist kein Zulieferbetrieb für deinen Graf von Knippenberg, das schlag dir mal schnell aus dem Kopf!«
»Die Jagd findet an einem Sonntag statt«, gibt sein Bruder zu bedenken.
»Na und?«
»Wenn wir den Norman nicht als Treiber beschäftigen, könnte es sein, daß er dann ganz woanders etwas treibt.«
Ehrlich versteht mühsam: »Du meinst, daß er ... ach ja ...«
»Und das wahrscheinlich den ganzen Sonntag über. Genau wie letzte Woche.«
»Du hast recht, Hinner. Der Mann muß beschäftigt werden. Der wird so eingespannt, daß er auch in der Nacht auf keine dummen Gedanken mehr kommen kann!«
»Na, also!«
Ehrlich geht zum Telefon. »Dann werde ich ihn gleich mal kommen lassen, damit du ihm die frohe Botschaft verkünden kannst.«
»Ich? Aber Otwin, wie käme ich dazu? Ich werde doch meinen eigenen Bruder nicht düpieren!

Selbst als Bürgermeister würde ich mir nie anmaßen, *deinen* Angestellten irgendwelche Anweisungen zu geben.«
Ehrlich weiß, es macht keinen Sinn, darüber zu diskutieren. Die heikle Aufgabe, diesen Menschen als Treiber zu verpflichten, bleibt also an ihm hängen.
Ach was, er macht sich die Sache einfach. Er diktiert seiner Sekretärin eine entsprechende Notiz, die Frank Norman auf dem Dienstweg zugestellt wird.
Schon eine halbe Stunde später paßt ihn Norman auf dem Korridor ab. Er ist die Liebenswürdigkeit in Person, aber Ehrlich merkt, daß er sich einen gewaltigen Zwang antut, um die Höflichkeit zu wahren.
»Ich glaube, Herr Ehrlich, hier liegt ein kleines Mißverständnis vor. Ich habe von Ihrer Sekretärin einen Zettel bekommen, daß ich bei einer Jagd mithelfen soll.«
»Nein, nein, Herr Norman«, erwidert Ehrlich genauso entgegenkommend, »das ist kein Mißverständnis.«
»Als Treiber! Das *muß* ein Mißverständnis sein!«
»Nein, mein Lieber, es ist eine betriebsbedingte Notwendigkeit. Das ist bei uns so üblich. Wenn ich einem Geschäftsfreund einen Jagdausflug vermittle, helfen mir ausgesuchte Mitarbeiter des Hauses, damit dieser Tag ein voller Erfolg wird.« Er klopft ihm vertraulich auf die Schulter.

»Schließlich geht es ja um das Wohl des Gesamtbetriebes. Nicht wahr, Herr Norman?«
»Aber doch wohl nicht am Sonntag?«
Ehrlich nickt verständnisvoll. »Sie können die Stunden ja in der Woche wieder abbummeln. Aber ich habe keinerlei Einfluß darauf, wann seine Erlaucht, der Graf Knippenberg, seine Jagd veranstaltet. Leider.« Ohne eine Erwiderung Normans abzuwarten, fährt er fort: »Sie erfahren rechtzeitig vom gräflichen Jagdaufseher, wann und wo Sie sich einzufinden haben. Guten Tag, Herr Norman.«
Er dreht sich um und geht fort.
Norman schaut ihm mit dem Blick eines verwundeten Kampfstieres nach.

Siggi Stuckwitz sitzt stolz hinter dem Steuer seines Sportcabrios, Klara etwas verängstigt auf dem Beifahrersitz.
»Fahr nicht zu schnell!«
»Das laß nur meine Sache sein, ich habe alles im Griff.«
Siggi hat Klara von ihrer Arbeitsstätte abgeholt und ihr unter größter Geheimnistuerei mitgeteilt, daß ihr eine geradezu sensationelle Überraschung bevorstehe. Auf all ihre Fragen, wo er denn mit ihr hinfahre, gibt er nur ausweichende Antworten.
»Das wirst du schon sehen, mein Schatz.«
»Siggi, mach keinen Wind! Sag mir, wo's hingeht!«

»Dann wäre ja die Überraschung keine Überraschung mehr.« Er lacht vergnügt.
Der Fahrwind fächelt in Klaras Haar. Sie fühlt sich unbehaglich. Sie selbst trägt Zimmermannskleidung, ihr Siggi wieder mal ein topelegantes Sportsacco. Sie wäre viel lieber erst nach Hause gefahren und hätte sich umgezogen. Aber Siggi hat das strikt abgelehnt. »Wir müssen noch vor Einbruch der Dunkelheit dort sein!«
Sie fahren durch die vornehmste Wohngegend von Reichenberg.
»Gleich sind wir da«, verrät Siggi und biegt reifenquietschend in die Bachstelzenstraße ein.
Klara kriegt große, glänzende Augen. »Mensch, hast du die Wohnung doch noch bekommen?«
»Welche Wohnung?«
»Bachstelzenstraße, Hanglage, drei Zimmer.«
Verächtlich winkt Siggi ab. »Bachstelzenstraße: ja. Hanglage: ja. Aber drei Zimmer: Du spinnst ja!«
Er verringert das Tempo und hält vor einem Grundstück mit großem Garten, schönem alten Baumbestand und einem am Hang gelegenen Bungalow.
»Es ist zwar kein Neubau, sondern schon fünf Jahre alt«, erklärt Siggi, »aber wenn wir das Ganze renovieren lassen, wird es Superklasse.« Er springt aus dem Wagen. »Komm, Mädchen, steig aus!«
Klara bleibt wie angeleimt auf ihrem Platz sitzen.
»Willst du etwa damit sagen, daß du in Erwägung ziehst, dieses Traumhaus zu mieten?«

»Nun drück dich nicht so geschwollen aus! Beweg deine Füße und schau dir unser neues Zuhause an!«
Klara will es immer noch nicht glauben. Zögernd steigt sie aus, zögernd folgt sie Siggi auf das Grundstück. Der Garten sei, wie er meint, noch nicht das Gelbe vom Ei, aber er habe schon mit Alexander Gröff darüber gesprochen.
»Mit Alex Gröff? Aber Siggi, das ist ein ganz teurer Gartenarchitekt.«
»Für dich ist mir eben nichts gut genug.«
Sie bleibt vor dem Bungalow stehen. Betrachtet ihn wie ein Drachenflieger den Airbus 320. »Du spinnst total! Das Ding hat doch mindestens sechs Zimmer!«
»Fünf«, korrigiert er. »Dafür sind es schöne, große Räume. Und der Häberwald meint, zur Not können wir auch aufstocken. Der Hausbesitzer hat nichts dagegen.«
Er holt einen Schlüssel aus der Tasche und führt sie, ohne ihren Einwand zu beachten, ins Haus. Schweigend geht sie von Raum zu Raum, und er erklärt, wie er sich alles vorstellt, hier das Wohnzimmer, Südseite, es stehen noch ein paar Möbel vom Vormieter drin, aber das Zeug kommt natürlich weg, davor die Terrasse, teilüberdacht mit Außenkamin, daneben das Eßzimmer – Siggi will es täfeln lassen, das hat man heute so –, gegenüber das Schlafzimmer, schön geräumig, im Seitenflügel das Kinderzimmer und ein Arbeitszimmer,

denn Siggi hält es für angebracht, auch daheim über ein Privatbüro zu verfügen.
Klara hat ihn, ohne ein Wort zu sagen, auf dem Rundgang begleitet. Als sie wieder im Wohnzimmer ankommen, sagt sie schlicht: »Nein!«
»Was nein?«
»Es ist sehr nett von Häberwald, daß er dir das Haus vermakeln will, aber sag ihm, wir nehmen es nicht.«
Siggi reißt entsetzt die Augen auf. »Ja, gefällt es dir nicht?«
»Doch. Aber es ist zu groß, zu pompös, zu teuer.«
»Tja«, meint er, »das wird ein bißchen problematisch.«
»Wieso?«
»Ich habe den Vertrag schon unterschrieben. Am nächsten Ersten können wir einziehen.«
Klara setzt sich beklommen auf einen der alten Stühle, die noch an der Wand stehen. Ihr wird angst und bange, wenn sie daran denkt, was allein die Einrichtung des Hauses kosten wird. Doch er beruhigt sie. Er habe das sehr genau durchkalkuliert, behauptet er, heutzutage gebe es ja für alles Kredite, und wenn sie sich in den ersten Monaten wegen der Ratenzahlungen ein bißchen einschränkten, könnten sie danach um so unbeschwerter in angemessenem Ambiente leben. Außerdem, fügt er bedeutungsvoll hinzu, erwarte er ja in Kürze eine beträchtliche Gehaltsaufbesserung.
Er lacht sie fröhlich an. »Es weht jetzt ein anderer

Wind, Klara! Und ich werde meine Chancen nützen!«
»Ob du dich nicht vielleicht ein bißchen überschätzt?« fragt sie mit verhaltener Stimme.
»Glaub mir, Liebling, ich habe alles im Griff.« Er gibt ihr einen zarten, liebevollen Kuß. »Aber jetzt denken wir erst mal an die Hochzeit! Und an die Flitterwochen. Ich habe schon gebucht.«
»Was hast du?«
»Florida!« schwärmt er. »Ich habe immer davon geträumt, in Florida Flitterwochen zu machen. In Amerika machen sie alle in Florida Flitterwochen. Honeymoon in Florida.«
Klara zeigt sich nicht sehr begeistert. »Ich glaube, dir ist das alles ein bißchen zu Kopf gestiegen.«
»Nein, ich weiß genau, was ich mache, glaub mir das! Jetzt ist es aus mit klein-klein.«
»Und wie geht das ›groß-groß‹, he? Alles auf Pump?«
Klaras Skepsis bringt Siggi erst richtig in Fahrt. Er hat die erste Stufe der Karriereleiter genommen, und von nun an kann's nur noch aufwärts gehen. »Jetzt laß ich's krachen, Klara, jetzt laß ich die Fetzen fliegen! Die sollen mich kennenlernen! Die erste Etappe ist erreicht – ich bin endlich Abteilungsleiter. Aber du glaubst doch nicht, daß ich mich damit zufrieden gebe!«
Klara steht auf. Geht ein paar Schritte auf und ab. Bleibt stehen. Geht wieder hin und her. Dann öffnet sie die Terrassentür, tritt hinaus. Unbewegt

steht sie da, schaut in den Garten und in die Ferne, wo in der Dämmerung die Gipfel des Rothaargebirges zu erkennen sind.

»Hör mal, Siggi«, sagt sie schließlich, »hast du dir eigentlich schon mal überlegt, warum du Abteilungsleiter geworden bist?«

Siggi versteht die Frage gar nicht. »Was gibt's denn da zu überlegen?«

Sie wendet sich ihm zu. »Na, wir sagen den alten Herrschaften, daß wir heiraten wollen. Und auf einmal wirst du befördert. Komischer Zufall, was?«

Siggi versteht immer noch nicht. »Quatsch! Das eine hat mit dem anderen nichts zu tun. Meine Benennung als Abteilungsleiter stand längst an! Und damit basta!«

»Basta?«

»Ja, basta, Schluß, aus und vorbei! Ich will nicht darüber reden!«

Klara merkt, daß er allen Ernstes überzeugt war, er habe die Beförderung nur seiner Tüchtigkeit zu verdanken. Aber sie merkt auch, daß in diesem Moment durch ihre Bemerkung gewisse nagende Zweifel in ihm aufsteigen. »Habe ich da einen wunden Punkt getroffen?« fragt sie liebevoll und will ihn umarmen.

Er wehrt sie ab. »Nun werde nicht auch noch tiefenpsychologisch! Das fehlt jetzt gerade!«

»Aber Liebling, ich will doch nur, daß du dir nichts vorlügst!«

Er schüttelt die Zweifel ab. »Ach was, ich habe jetzt endlich das lange Ende von der Wurst!« sagt er heftig. »Und wieso das so ist, geht keinen was an, das ist mir scheißegal. Das will ich gar nicht wissen! Und ich will es auch nicht gesagt bekommen. Schon gar nicht von dir!«
Sie ist über seinen Ausbruch mehr erstaunt als bestürzt. »Vergiß nicht, du hast eine Frau, und bald hast du ein Kind.«
»Meinst du, das weiß ich nicht?«
Sie streichelt ihm traurig die Wange. »Ich hatte nur das Gefühl, daß du's vielleicht vergessen hast.«

Wie von Oppen ebenso wie von Ehrlich erwartet, ist Frank Norman in übelster Laune, als er sich am Sonntag an dem vereinbarten Treffpunkt einfindet. Die anderen Treiber, Bauernburschen aus der Umgebung, begrüßen ihn mit Zurückhaltung. Sie verstehen nicht, daß der Graf nicht den Jakob Mildner aus der Nachbargemeinde aufgestellt hat. Der wollte schon immer mal dabeisein und könnte das Handgeld sehr gut gebrauchen – na ja, die warme Suppe und das Freibier nach der Jagd sind auch nicht zu verachten, und obendrein ist der Jakob auch ein furchtbar netter Kerl.
Norman versteht. Man betrachtet ihn nicht als ›netten Kerl‹, er ist hier nicht sehr wohlgelitten, was seine ohnehin miese Stimmung keineswegs bessert.
Die anderen gewinnen ihn auch nicht lieber, als er

ihnen anvertraut, daß er keine Ahnung davon habe, was hier auf ihn zukommen werde.
»Ich habe so was noch nie gemacht, tut mir leid.«
»Was hast du dann bei uns zu suchen?« will einer wissen.
»Das frage ich mich auch. Mein Chef hat mich eingeteilt.«
»Der Ehrlich? Wieso?«
»Er sagt, es ist üblich, daß ausgesuchte Mitarbeiter seines Betriebes helfen, die Jagd in Schwung zu bringen.«
Damit erntet er allgemeine Heiterkeit. Noch nie sei es geschehen, daß die Ehrlich-Werke zu der Knippenberg-Jagd einen Treiber abgestellt hätten.
»Hier!« ruft der Treiberführer und wirft ihm einen alten, zerknitterten Anorak vor die Füße. »Das ist für dich.«
Frank hebt das Ding mit spitzen Fingern auf. Es ist in grell-gelber Leuchtfarbe gehalten und beleidigt sein Gefühl für Ästhetik. »Das soll ich anziehen?«
»Damit man dich im Gelände besser sieht«, erklärt der eine.
»Sonst schießen die Jäger womöglich vorbei«, witzelt der andere.

Vor dem Schloß hat sich inzwischen die Jagdgesellschaft versammelt. Dieser und jener begrüßt diesen und jenen, man steht, die Flinte geschultert, beieinander, vertritt sich die Beine und wechselt Höflichkeitsfloskeln.

Baron von Weidenbach, in seiner schönen neuen Jagdausrüstung stattlich anzusehen, genießt es, in den Kreis der ›Erlauchten‹ aufgenommen zu sein.
»Muß Ihnen noch mal meinen besten Dank aussprechen!« sagt er gut gelaunt zu Otwin Ehrlich.
»Es war mir ein Vergnügen!« Otwin führt den Baron ein paar Schritte zur Seite. »Was gibt es denn Neues in Marl?« fragt er. »Braut sich beim Grübner was zusammen?«
Herr von Weidenbach schmunzelt. »Könnte es sein, daß Sie mir die Einladung nur deshalb besorgt haben, um mich auszuhorchen?«
»Aber nein, lieber Baron«, wehrt Otwin ab, »das könnte nicht sein. Das ist so! Ich will von Ihnen wissen, ob ich Ärger kriege mit dem Kollegen aus Marl.«
Weidenbach schaut versonnen in die Ferne. »Ich mache gute Geschäfte mit Grübner«, murmelt er.
»Ich wette, mit mir machen Sie noch bessere!«
Weidenbach nickt ihm zu. »Nehmen Sie sich in acht vor Grübner! Der arbeitet manchmal mit sehr unkonventionellen Methoden.«
Ehrlich würde gern noch etwas mehr erfahren, doch da blasen die Hornisten zur Eröffnung der Jagd.

Heinrich Oppen betrachtet das Geschehen aus einiger Entfernung. Gemütlich sitzt er, eine Zeitschrift in der Hand, in einem Geländewagen. Er hat nicht das geringste Interesse an der Jägerei.

Aber natürlich ist er der Einladung auch nicht nur aus reiner Höflichkeit gefolgt. Er wartet auf den Ausgang der Jagd, auf jenen Moment, da die Treiber und die Jäger zusammentreffen. Zu gerne möchte er wissen, wie sich dieser Frank Norman verhält, wenn er plötzlich wieder dem Herrn von Weidenbach begegnet.
Doch es kommt nicht dazu. Die Jagd ist zu Ende, die Strecke war ziemlich mäßig, die Treiber nähern sich dem Treffpunkt – da, auf einmal fehlt einer von ihnen. Mit drei, vier Sätzen ist Frank Norman im Unterholz verschwunden und taucht nicht wieder auf.
Der Baron hat ihn aber doch gesehen. »Den kenne ich doch«, sagt er.
Heinrich Oppen hört es mit Interesse. »Norman heißt der Mann«, erklärt er. »Frank Norman. Er arbeitet bei meinem Bruder.«
»Aber bestimmt noch nicht lange«, sagt von Weidenbach. »Ich bin ganz sicher: Ich kenne ihn aus Marl.«

Frank Norman hat es nun doch noch geschafft, seiner Regina den geplanten Sonntagsbesuch zu machen.
»Ach, weißt du, ich hatte solche Sehnsucht nach dir, da bin ich einfach abgehauen.«
Regina paßt das gar nicht so sehr in den Kram. Sie hat sich mit Elan in ihre Arbeit gestürzt und hat endlich alle Entwürfe und Zeichnungen für die

neue Kollektion fertiggestellt. Jetzt will sie die Arbeit noch einmal durchsehen und in ihre Mappe einordnen. »Dann kann ich sie morgen dem Chef vorlegen. Der wird Augen machen!«

»Der macht auch noch am Dienstag Augen«, lacht Frank und schließt sie in seine Arme. Ganz fest und doch unglaublich zart. »Am Sonntag haben wir beide Besseres vor.«

Sie kann seinem Charme nicht widerstehen.

Zwei Stunden später steht sie in der Küche und bereitet einen Abendimbiß. Spiegeleier mit Speck. Sie hat nichts anderes im Haus.

»Also, ich finde das merkwürdig«, sagt sie. Sie spricht durch die nur angelehnte Tür zu Frank, der im Wohnzimmer den Tisch decken soll. »Aber hier in Reichenberg ist wohl alles ein bißchen merkwürdig. Und kompliziert.«

»Aha?« ruft er von drüben.

»Also: Der Knippenberg hat eine Jagd und kein Geld. Der Ehrlich hat Geld und keine Jagd. Dafür hat er aber einen Geschäftsfreund, der gerne jagt. Und den Abschluß macht dann der Oppen. He! Hörst du mir überhaupt zu?«

O ja, er hört schon zu. Aber nur mit halbem Ohr. Er ist voll damit beschäftigt, mit einer Minox-Kamera die Zeichnungen abzulichten, die Regina eigentlich längst in ihre Mappe einordnen wollte.

»Was sagst du?« ruft er.

»Ist ja auch egal.« Sie steht ratlos vor ihren Pfannen. Der Speck spritzt, die Spiegeleier zeigen ver-

dächtige schwarze Ränder, sie findet es einfach zum Kotzen.
»Ich hasse Kochen! Ich hasse es! Ich bin dafür einfach nicht geschaffen!«
Und sie ist froh, daß er zu ihr in die Küche kommt, daß er seine Arme um sie schlingt und ihr liebe Dinge ins Ohr flüstert.

IV

Die Liebe ist ein seltsames Spiel

Montagmorgen. Die neue Woche hat begonnen. In den Straßen von Reichenberg eilen die Menschen ihrer Arbeit zu. Graf Knippenberg ist mit zwei Helfern damit beschäftigt, die Strecke vom Vortag zu sortieren. Zwei Hasen verschenkt er an die Mitarbeiter, der Rest wird verladen und zum Metzger gebracht. Herr von Weidenbach ist nach Marl zurückgekehrt, der Makler Erich Häberwald verhandelt mit dem Besitzer des Bungalows in der Bachstelzenstraße, dem er für 2600 Mark einen Mieter besorgt hat, Otwin Ehrlich diktiert einige Briefe, Regina Stern liegt noch im Bett, sie hat verschlafen. Frederike Oppen frühstückt mit Klara und Siggi Stuckwitz; die beiden haben sich den Tag freigenommen, um wichtige Dinge für die Hochzeit zu regeln. Zur gleichen Zeit steht Heinrich Oppen am Fenster seines Büros, schaut auf den Rathausplatz hinunter und telefoniert.
Er hat sich mit seinem Amtskollegen in Marl verbinden lassen.

»Hier ist Oppen, Reichenberg, guten Tag, ich hoffe, Ihnen geht's gut? – Danke, mir auch. – Herr Kollege, ich möchte Sie um Amtshilfe ersuchen. Aber bitte, es sollte unter uns bleiben.« Nachdem ihm der Kollege versichert hat, daß er alles vertraulich behandeln wird, fährt er fort: »Ist Ihnen in Marl ein Mann namens Norman bekannt? Frank Norman?«

Der freundliche Bürgermeister von Marl sagt ihm, daß er die Antwort natürlich nicht aus dem Ärmel schütteln könne, aber er werde Erkundigungen einziehen und Oppen so bald wie möglich Bescheid geben. Ob es denn was Schlimmes sei?

»Nein, ich denke nicht. Es ist reine Routine, aber ich wäre Ihnen sehr dankbar, wenn Sie ... Ja, natürlich. Und ich hoffe, daß wir uns bald mal wieder sehen. Tschüß!«

Während er das sagt, fällt sein Blick auf einen kleinen, hellblauen Trabbi, der gerade vor dem Fotogeschäft Kramer anhält. »Wenn man vom Teufel spricht«, murmelt er vor sich hin.

Und tatsächlich: Frank Norman steigt aus dem Wagen und hastet in den Fotoladen. Kurze Zeit darauf kommt er genauso eilig wieder heraus, steckt einen kleinen Abholzettel in die Tasche, steigt in sein Auto und braust davon.

Heinrich Oppen streicht sich nachdenklich über die Augenbraue.

»Frau Lübke!« ruft er dann.

Seine Sekretärin kommt sofort.

»Sagen Sie mal, Frau Lübke, was ist denn mit dem Kramer? Liegt da nicht irgendeine Beschwerde vor?«
»Ja, von seiner Konkurrenz aus der Bahnhofstraße. Eine läppische Sache. Kramer soll irgendwann mal sein Geschäft eine Viertelstunde über die Ladenschlußzeit geöffnet gehalten haben.«
»Aha. Vielen Dank!«

Frank Norman hält mit seinem Trabbi einige Meter von Reginas Haus entfernt. Er steigt aus, geht leise ins Haus, huscht behutsam zum ersten Stock hinauf, zieht sich währenddessen die Jacke aus, öffnet das Hemd weit, verwuschelt sich die Haare, schleicht sich ins Schlafzimmer.
»Regina!« ruft er. »Um Gottes Willen, wir haben verschlafen. Es ist schon gleich halb zehn!«
Regina schlägt die Augen auf. Räkelt sich aus dem Schlaf. Es dauert einen Moment, bis sie sich gefaßt hat. »Ach, ich werde einfach sagen, wir haben bis tief in die Nacht gearbeitet.«

Doch die Ausrede ist gar nicht nötig. Als sie kurze Zeit danach auf dem Fabrikgelände ihrem Chef begegnen, sagt der kein Wort über die Verspätung. Er sieht Norman bloß lange und eindringlich an.
»Warum sind Sie gestern eigentlich so plötzlich abgehauen?« fragt er.
»Ich hatte mich verlaufen«, lächelt Norman. »Ich kenne die Gegend nicht so gut. Tut mir leid.«

»Aha. Verlaufen.«
Ehrlich nickt den beiden zu, läßt sie ein Stück gehen, dann ruft er ihnen nach: »Ach, Herr Norman, machen Sie doch mit meiner Sekretärin einen Termin aus. Ich möchte Sie heute gerne noch sprechen.« Es klingt, als habe er vor, ihm die Gurgel durchzuschneiden.

Frederike Oppen sitzt noch immer mit Siggi und Klara am Frühstückstisch. Die Pläne für die Hochzeit werden geschmiedet. Siggi und Klara haben feste Vorstellungen. Standesamtliche Trauung ohne viel Brimborium, dafür dann ein schönes Festessen.
»Und die kirchliche Trauung?« fragt Frau Oppen etwas zaghaft.
»Och, Oma, wer legt denn heute noch Wert auf so was?«
»Ich lege Wert darauf. Dein Vater legt Wert darauf. Ganz Reichenberg legt Wert darauf. Das ist eine kleine Stadt, mein Kind, da muß man sich an die Konventionen halten.«
»Wir können das ja irgendwann nachholen«, meint Siggi, »nach den Flitterwochen vielleicht.« Viel wichtiger sei, daß jetzt alles unter einen Hut gebracht werde. Die Renovierung und Einrichtung des Hauses, die Trauung und die Hochzeitsfeierlichkeiten.
»Ich denke, wir nehmen das Nebenzimmer im Jägerstüberl«, meint Klara. »Dort ist es sehr ge-

mütlich, und für zwanzig Leute ist massenhaft Platz.«
Siggi ist anderer Meinung. Wenn schon, denn schon. Natürlich kommt nur der kleine Saal im Gildehaus in Frage. Er hat dort schon angefragt. »Es geht alles klar. Ich muß denen bloß noch den endgültigen Termin bekanntgeben.« Er sieht Klara an. »Und dann müssen wir eine Kapelle bestellen.«
»Der endgültige Termin? Ich denke, der steht fest?«
»Na ja, das hängt davon ab, wann die Möbel geliefert werden, mein Schatz. Wir können doch nicht ein leeres Haus beziehen.« Er tätschelt ihr die Hand. »Am besten, wir fahren gleich zu Möbel-Schmidt. Dort zeig ich dir, was ich ausgesucht habe, und dann erfahren wir auch gleich, was die für Lieferfristen haben.«
Klara sieht ihre Großmutter abgrundtief verzagt an.
»Ja, Hochzeitmachen ist von jeher eine ernste Sache«, sagt die. »Alle jungen Bräute denken erst mal, die Welt geht unter, ehe es soweit ist.«
Dann aber sagt sie, es stehe ja noch ein Haufen alter Möbel auf dem Speicher. Mit denen könne man das Haus einrichten, wenn auch notdürftig, bis die Möbel geliefert würden. »Außerdem wollt ihr ja sowieso erst mal in die Flitterwochen fahren.«
Darauf machen sie sich auf den Weg in die Stadt.

Es ist viel zu tun. Im Gildehaus den Saal bestellen. Möbel angucken. Brautkleid kaufen.

Es ist kurz vor Mittag, als Heinrich Oppen das Fotogeschäft Kramer betritt.
»Tag, Karl!« begrüßt er den Geschäftsinhaber.
»Hallo, Hinner! Du, ich mache gleich zu. Es ist Mittag.«
»Macht nichts. Macht gar nichts. Ich bin auch gleich wieder weg. Hab' nur 'ne kleine Frage.«
Er hält sich dann doch damit auf, sich erst mal nach der Geschäftslage und der Gesundheit zu erkundigen, ehe er seine Frage stellt: »Sag mal, Karl, da habe ich doch zufällig gesehen, wie heute früh ein junger Mann zu dir gekommen ist. Mitte zwanzig, ziemlich groß, Norman heißt er.«
»Ja, richtig. Der ist neu in Reichenberg, oder?«
»Sehr neu. Ich denke mir nun, der hat dir einen Film gebracht. Zum Entwickeln?«
»Ja, warum?«
»Ich weiß ja, wie das jetzt bei dir läuft. Du schickst den Film zum Entwickeln ein, aber wenn er zurückkommt, wäre ich dir ganz dankbar ...«
»Ich schicke ihn nicht ein«, unterbricht Karl Kramer. »Der Mann hat es sehr eilig. Er hat mich gebeten, den Film selbst zu entwickeln.«
»Noch besser!« freut sich Oppen. »Wann hast du ihn fertig?«
»Seit 'ner Stunde. Es war heute vormittag nicht viel los, da habe ich's schnell gemacht.«

»Sehr gut.« So beiläufig wie möglich fügt er hinzu: »Ich möchte mir die Fotos nämlich mal ansehen.«
»Aber Hinner!« protestiert der Fotograf. »Du weißt doch genau, daß ich so was nicht machen kann. Das verstößt gegen meine Berufsehre. Schließlich habe ich meinen Kunden gegenüber eine Verpflichtung.«
»Hervorragend, daß du mich daran erinnerst!« erwidert Oppen gut gelaunt. Er stützt seine Ellbogen am Verkaufstisch auf und lächelt Kramer freundlich an. »Um ein Haar hätte ich jetzt *meine* beruflichen Pflichten vergessen.« Er macht ein sorgenschweres Gesicht. »Da liegt mir doch eine Beschwerde vor. Du hast die Ladenschlußzeiten nicht eingehalten, Karl! Wie konntest du nur?«
»Das war *einmal*, Hinner, ein einziges Mal! Und höchstens eine Viertelstunde.«
»Es ist trotzdem ein Vergehen, mein Lieber. Und ich fürchte, ich kann das nicht so einfach unter den Tisch fallen lassen.«
Karl Kramer hat schnell begriffen. »Ja, das kannst du wahrscheinlich genausowenig, wie ich dir die Bilder von dem Norman zeigen kann.« Er nimmt eine Papiertüte mit Fotos aus dem Regal und legt sie auf den Ladentisch. »Sieh mal, wenn ich dir jetzt die Fotos zeigte, würde doch der Kunde jedes Vertrauen zu mir verlieren. Und Vertrauen ist meine Geschäftsbasis!«
»Ja, das kann man nicht machen«, pflichtet ihm Oppen bei.

»Magst du vielleicht ein Schnäpschen? Es dauert nur 'ne Minute. Ich muß die Flasche eben von hinten holen.«
»Laß dir Zeit, Karl, ich hab's nicht eilig.«
Beide grinsen sich verständnisinnig zu. Karl Kramer verschwindet in seinem Labor, Oppen greift nach der Papiertasche, die vor ihm liegt. Er wundert sich kaum, als er sieht, daß sie ausschließlich Fotos von den Modellentwürfen Reginas enthält.

Otwin Ehrlich sitzt hinter seinem Schreibtisch. Er ist sozusagen vom Scheitel bis zum kleinen Zeh gefüllt mit Groll, Mißgunst und verletztem Stolz. Aber er ist nicht der Mann, der seinen Gefühlen in einem Zornesausbruch freien Lauf ließe. Die Art und Weise, wie er zu seinem Gegenüber spricht, wirkt sogar freundlich und zuvorkommend.
»Kommen Sie ruhig näher, Herr Norman«, sagt er, verabsäumt es aber, dem Eintretenden Platz anzubieten.
Frank Norman unterläßt es im Gegenzug, guten Tag zu sagen. »Ja, bitte? Sie wünschen?«
Ehrlich lehnt sich in seinem Sessel zurück, mustert Norman mit kaltem Blick. »Es ist«, beginnt er, »an sich nicht meine Art, mich in die Angelegenheiten anderer Leute einzumischen, aber da sich nun ganz offensichtlich zwischen Ihnen und Frau Stern etwas angesponnen hat...« Er lächelt verbissen. »Wissen Sie, ich schätze es nicht sehr, wenn meine Mitarbeiter untereinander...« Er bricht ab. Das

Lächeln verschwindet von seinen Lippen. »Sie verstehen mich, hoffe ich.«
Norman erwidert ungerührt seinen Blick, versucht es ebenfalls mit einem Lächeln. »Irre ich mich, oder sind Sie da irgendwie persönlich getroffen?«
Ehrlich empfindet es als offene Herausforderung. Er bleibt aber bei seiner liebenswürdigen Manier: »Ich verbitte mir diesen Ton, Herr Norman! Danke.«
Frank Norman tritt einen Schritt vor. Lässig, aber mit deutlicher Schärfe entgegnet er: »Es hieße doch die Leibeigenschaft ein bißchen weit treiben, wenn Sie Ihre Mitarbeiter nicht nur zur Jagd befehlen, sondern Ihnen auch den Umgang mit anderen Menschen verbieten möchten. Oder wollen Sie etwa das Recht der ersten Nacht in Anspruch nehmen?«
Das verschlägt Ehrlich fast die Sprache. Diesen Ton hat er von dem sonst so umgänglichen Mann nicht erwartet. Dieser Mensch muß seiner Sache sehr sicher sein, denkt er. Laut – oder vielmehr betont leise – sagt er: »Wissen Sie, was ich jetzt hätte? Die größte Lust, Sie hochkant rauszuschmeißen.«
Norman nimmt es gelassen. »Ja, ja, ich habe schon begriffen, daß es in diesem unseren Lande nirgendwo eine Arbeitsplatzgarantie gibt.«
Und er geht, ohne Ehrlich die Chance für einen Rausschmiß zu geben, aus dem Zimmer.
Otwin ärgert sich. Er ärgert sich maßlos. Dieser

verdammte Schnösel aus Thüringen, dem er in seinem Betrieb hochherzig eine neue Heimat geboten hat! Was denkt der sich?
Er beschließt, einen kleinen Spaziergang zu machen. Er braucht frische Luft. Ohne ein Wort der Erklärung, ohne sich um die fragenden Blicke seiner Mitarbeiter zu kümmern, steuert er, den Oberkörper leicht vorgebeugt, die Hände auf dem Rücken, durch den Nähsaal und die Korridore zum Ausgang, hinaus auf den Werkhof. Er durchquert ihn mit weitausgreifenden Schritten, die er erst verlangsamt, als er an der alten Lagerhalle vorbei zu dem Gelände der kürzlich erworbenen Apfelwiese gelangt. Es stört ihn nicht, daß er einen vom Regen aufgeweichten Trampelpfad benutzen muß. Trotzig platschen seine Füße durch Matsch und Pfützen. Zwei große, schwarze Krähen begleiten neugierig seinen Weg. Sie fliegen über ihm, umkreisen ihn, setzen wie Jagdflugzeuge aus dem ersten Weltkrieg zur Landung an, stolzieren ein Stückchen neben ihm her und rufen ihr verärgertes »Krah-krah«, als wollten sie fragen, was denn dieser vorwitzige Wanderer auf ihrem Territorium zu suchen habe.
Otwin vermeidet es, der St. Blasius-Kapelle gar zu nahe zu kommen. Der Wiederaufbau hat noch nicht begonnen, aber sie ist schon mit einem Gerüst versehen, was ihn schmerzlich daran erinnert, welche enormen Kosten da auf ihn zukommen. Grimmig denkt er, daß er für diesen Ärger wenig-

stens einen Sündenbock hat: Heinrich Oppen, der ihn mit List in diese aufwendige Falle gelockt hat. Für die Schererei mit Frank Norman hat er keinen Sündenbock! Das ärgert ihn besonders. Er überlegt einen Weile. Aber er findet keinen Ansatzpunkt, seinem Bruder dafür die Schuld zuzuschieben. Nein, nein, das hat er einzig und allein sich selbst zuzuschreiben. Er hat Norman in seine Dienste genommen, und daß Regina auf diesen Schnösel reingefallen ist, kann er schwerlich seinem Bruder anlasten.

Regina!

Tüchtig ist sie! Aber das ist nicht das Wesentliche. Charmant ist sie, reizend und begehrenswert. Hatte er nicht schon ein nettes, vielversprechendes Verhältnis zu ihr gefunden? Hatte er sich nicht mit einigem Recht der Hoffnung hingeben können, sie für sich zu erobern?

Und da ist dann dieser thüringische Rammbock dazwischen gekommen!

Das beste wäre es wohl, den Kerl wirklich rauszuschmeißen und aus ihrem Umkreis zu entfernen. Er überlegt. Er hat ihn eingestellt, damit er Regina bei der Vorbereitung der neuen Kollektion zur Hand geht. Um bei ihr keinen Argwohn zu erregen, müßte er ihn wohl so lange halten, bis sie die restlichen Entwürfe fertiggestellt hat.

Dann aber ade, mein kleiner Gardeoffizier!

Mit schnellem Entschluß dreht er um und beschleunigt seine Schritte – platsch, platsch durch die Pfützen zurück zur Fabrik. Die Krähen flattern aufgeregt um ihn herum und rufen ihm ein letztes »Krah-krah« nach, als er auf dem Werkgelände verschwindet.

In seinem Büro angekommen, greift er zum Telefon, wählt die Nummer von Reginas Atelier. »Ach, meine liebe Frau Stern«, sagt er, »ich will Sie beileibe nicht hetzen, andererseits habe ich Ihnen ja gesagt, unter welchem Zeitdruck wir stehen ...«

»Ja, ich weiß«, fällt ihm Regina in die Rede, »aber was mich und meine Entwürfe betrifft, kann ich Sie beruhigen. Es ist alles fertig!«

Wen wundert's, daß Otwin über diese Nachricht in zweifacher Hinsicht hocherfreut ist.

»Ich wollte schon zu Ihnen kommen und Ihnen die Entwürfe vorlegen«, fährt Regina fort, »aber Sie hatten ja wichtigere Termine.«

»Ich mache Ihnen einen Vorschlag: Ich schaue mir Ihre Entwürfe an, und dann gehen wir zusammen essen. Die Sache muß gefeiert werden!« Und der Ärger heruntergespült, fügt er in Gedanken hinzu.

Als er dann eine halbe Stunde später mit Regina bei einer guten Kalbslende und hervorragendem Wein im »Jägerstüberl« sitzt, wirkt er wie verwandelt.

»Das sieht ja alles ganz ausgezeichnet aus! Endlich können wir in die Produktion gehen!« strahlt er. »Ich bin Ihnen sehr dankbar, Regina! Sie haben sich toll eingesetzt!«

Sie weicht seinem Blick nicht aus. Aber es ist

offensichtlich, daß ihr Augenausdruck traurig ist und viel Zurückhaltung verrät.
»Und was mein kleines Rencontre mit Herrn Norman betrifft«, fühlt er sich veranlaßt zu sagen, »darf man das nicht zu eng sehen. Ich muß meinen Mitarbeitern hin und wieder ein bißchen auf die Finger klopfen, das gehört zu meinem Job.«
Sie weiß genau, wovon er spricht, denn Frank hat ihr längst von der Unterhaltung berichtet. »Ich fände es nur gut, wenn Sie im privaten Bereich Ihren Mitarbeitern etwas Freiraum ließen«, sagt sie leise.
»Ich habe schon begriffen, Sie mögen diesen Norman?«
»Wäre dagegen etwas einzuwenden?«
»Natürlich nicht, Regina. Ich sehe ein, er ist jung, er ist stramm, da entbrennt schnell ein Feuer.« Er lächelt tolerant. »Ich vertraue nur darauf, daß es ein Strohfeuer ist.«
Sie widerspricht nicht.
Das tut ihm gut.

Indessen kaut Frank Norman mißgelaunt auf seiner Kohlroulade. Es wurmt ihn, daß Regina mit dem Chef zum Essen ausgegangen ist, während er allein in der Werkskantine herumsitzt.
Jemand tritt an seinen Tisch. Er blickt auf. »Ach, der Herr Bürgermeister!« wundert er sich.
Heinrich Oppen steht neben ihm. »Ja, ich habe etwas mit Ihnen zu besprechen.«

»Wollen Sie nicht Platz nehmen.« Norman schiebt seinen Teller beiseite. »Ich werde uns einen Kaffee holen.«
Oppen nimmt nicht Platz. »Ich glaube nicht, daß Sie hier noch einen Kaffee trinken werden.«
Norman blickt verdutzt. »Aber Herr Bürgermeister, machen Sie doch Ihre Witze woanders!«
»So? Wo denn, Herr Norman? Vielleicht bei der Firma Grübner in Marl?«
Das sitzt. Normans Augenlider flattern. »Was wollen Sie denn damit sagen?«
Oppen legt ein Fernschreiben auf den Tisch. »Das hat mir mein Kollege aus Marl gefaxt. Amtshilfe, Sie verstehen. Aus dem Fax geht einwandfrei hervor: Sie wohnen in Marl, Sie sind seit Jahren bei Grübner angestellt. Außerdem sind Sie mit seiner Tochter verlobt!«
Norman steht auf. »Okay«, sagt er mit dem letzten Rest seiner Beherrschung. »Und was machen wir jetzt? Wohin gehen wir?«
»*Wir* gehen überhaupt nicht. *Sie* gehen!« Und ehe Norman recht begriffen hat, was Oppen meint, fügt der hinzu: »Aber ich begleite Sie noch ein Stückchen.«

Es dauert keine halbe Stunde, da hat Norman seine Koffer gepackt. Heinrich Oppen ist mit ihm gekommen. Er steht in seinem kleinen Hotelzimmer im »Reichenberger Krug« und beobachtet jeden seiner Handgriffe.

»Ich nehme ja an, Sie haben noch einige Übernachtungsutensilien bei Frau Stern. Aber die vergessen wir jetzt einfach. Frau Stern wird sie Ihnen vielleicht nachschicken.«

Norman zeigt sich unbeeindruckt. »Ich bin fertig«, sagt er. »Ich muß nur noch die Hotelrechnung bezahlen.«

»O nein, da ist noch eine Kleinigkeit zu erledigen.« Oppen dirigiert den überraschten Norman an den kleinen Schreibsekretär, legt ihm Papier und Kugelschreiber zurecht. »Sie wollen doch Frau Stern sicherlich einen kleinen Abschiedsgruß zukommen lassen.« Alle Verbindlichkeit weicht jetzt aus seiner Stimme. »Schreiben Sie!« befiehlt er.

Ohne auf die gelegentlichen schwachen Proteste Normans einzugehen, diktiert er ihm: »Geliebte Regina! Die Stunde der Wahrheit ist gekommen. Ich habe Frau und Kind zu Hause. Uns bleibt keine Zukunft. Verzeih mir! In herzlicher Verbundenheit, dein Frank.«

Nachdem Norman zu Ende geschrieben hat, nimmt Oppen das Blatt an sich, faltet es, steckt es in einen Umschlag und läßt diesen in seiner Tasche verschwinden.

Norman sieht ihm wie der sprichwörtliche begossene Pudel zu. »Das wär's dann wohl«, sagt er, steht auf, greift nach seinen Koffern. »Ich mache mich jetzt auf den Weg.«

»Oh, das machen Sie nicht! Das Wichtigste ha-

ben Sie noch vergessen. Wir werden jetzt zu Foto-Kramer fahren und Ihre Bilder abholen.«
»Das geht ja wohl ein bißchen zu weit!« verwahrt sich Norman. »Das sind Privatfotos!«
»Tatsächlich? Dann macht es ja auch nichts, wenn wir sie uns gemeinsam ansehen. Ich kann natürlich auch einen Gerichtsbeschluß herbeiführen, das ist eine Kleinigkeit.«
Norman erstarrt.
»Oder wollen Sie mir lieber gleich den Abholzettel aushändigen?« fährt Oppen fort.
Norman sieht sich hoffnungslos in die Enge getrieben. Dieser Oppen hat ganze Arbeit geleistet, denkt er sich und gibt ihm wortlos den Zettel.
»Ich habe mich erkundigt«, sagt Oppen. »Die Entwicklung kostet 24 Mark 80.«
»Sie lassen aber auch nichts aus«, seufzt Norman und zählt ihm das Geld auf den Tisch.
Oppen steckt es ein. »Und nun hauen Sie ab. Lassen Sie sich nie wieder in Reichenberg blicken! Sonst wandern Sie schon am nächsten Tag in staatliche Obhut, ich schwör's Ihnen. Und Finger weg von Regina Stern!«
Norman nickt betreten.
»Jetzt ist Abritt, Cowboy, verpiß dich!« knurrt Oppen ihn an. »Sonst kriege ich am Ende noch einen Wutanfall.«

Otwin Ehrlich hat in der letzten Nacht schlecht geschlafen. Zu viele Dinge sind ihm im Kopf her-

umgegangen. Am Morgen, beim Rasieren, hat er dann beschlossen, noch einmal gründlich mit diesem Hallodri aus Thüringen zu reden.
Im Betrieb angekommen, sagt er seiner Sekretärin, sie solle Herrn Norman zu ihm kommen lassen, und zwar auf der Stelle. Doch davon kann keine Rede sein. Die Sekretärin fragt überall herum und bekommt überall die gleiche Auskunft: Frank Norman sei nicht zur Arbeit erschienen.
»Er ist nirgendwo zu finden«, meldet sie, »es tut mir leid.«
»Ist er krankgeschrieben?« fragt Ehrlich.
»Nein.«
»Dann rufen Sie mal bei ihm an.«
»Das habe ich schon. Als Adresse hat er ja den ›Reichenberger Krug‹ angegeben. Dort ist jetzt nur die Putzfrau, und die meint, er muß weggegangen sein. In seinem Zimmer ist er jedenfalls nicht, im Frühstücksraum auch nicht.«
»Zustände sind das!« ärgert sich Ehrlich. Damit stürzt er an seiner Sekretärin vorbei. Es wäre ja die Höhe, denkt er, wenn der etwa wieder in Reginas Haus herumhockt!
Mit vorgebeugtem Oberkörper, die Hände auf dem Rücken gefaltet, stürmt er in Reginas Atelier. Jetzt wird er reinen Tisch machen.
Regina sitzt vor ihrem Zeichenpult, den Kopf in die Hände gestützt, und starrt düster vor sich hin. Sie scheint den eintretenden Ehrlich gar nicht zu bemerken.

»Hören Sie, Regina«, sagt der, »wo ist Frank Norman? Dieser Kerl ist nirgendwo aufzufinden!«
Regina hat verweinte Augen, was Ehrlich in seiner Wut allerdings nicht bemerkt. »Ich weiß nicht, wo er ist«, sagt sie tonlos.
»Also, jetzt reicht's mir! Jetzt schmeiß' ich ihn raus! Endgültig! Und Sie können ihm jetzt auch nicht mehr helfen. Ist das klar?«
Niedergeschlagen nickt sie mit dem Kopf.
Ehrlich könnte jetzt gehen, es ist alles gesagt. Aber er verharrt noch einen Moment in der Tür. »Also, offen gesagt, ich verstehe überhaupt nicht, was Sie an dem Schnösel finden. Sie haben doch sonst einen guten Geschmack, Regina!«
Erst jetzt merkt er, daß sie mit den Tränen kämpft. Er kommt noch mal in den Raum zurück und sagt, nun etwas sanfter im Tonfall: »Entschuldigen Sie bitte! Das habe ich nicht so gemeint. Es steht mir gar nicht zu, über Ihren Freund zu urteilen – auch wenn es meine ehrliche Meinung ist!«
Sie antwortet nicht. Jetzt kann sie ihre Tränen nicht mehr zurückhalten.
»Regina!« sagt er mitfühlend.
»Lassen Sie mich bitte allein!«
Er tritt hinter sie. Legt behutsam seine Hand auf ihre Schulter. »Es tut mir wirklich leid!«
Sie wendet sich heftig um. Unter Tränen stößt sie hervor: »Was soll Ihnen denn leid tun? Er ist weg. Okay, Sie wollten ihn immer loswerden. Also können Sie doch wohl zufrieden sein!«

Er schaut sie verdutzt an. »Wieso? Was meinen Sie?«
»Hier! Das habe ich heute früh in meinem Briefkasten gefunden.« Damit gibt sie ihm Franks Schreiben.
Ehrlich überfliegt es. »Das ist ja'n Ding!«
»Verheiratet ist er!« schluchzt sie. »Frau und Kind hat er! Und davon sagt er mir kein Wort!«
Alle Wetter, das ist wirklich eine gute Nachricht, denkt Ehrlich. Aber er versucht, erfolgreich übrigens, seine Freude darüber zu verbergen. »Grämen Sie sich nicht, Regina! Glauben Sie mir, unter diesen Umständen ist es wahrhaftig besser, daß er fort ist.«

Siggi Stuckwitz ist groß in Fahrt. Im Möbelhaus Schmidt hat er erfahren, daß die ganze Einrichtung für das Haus in drei Wochen geliefert werden kann.
»Mein Gott, Siggi!« ängstigt sich Klara. »Was das für ein Geld kostet!«
»Keine Sorge! Ich habe einen Ratenvertrag über 48 Monate ausgehandelt.«
Sie starrt ihn an. Rechnet nach. »Dann zahlen wir ja vier Jahre!«
»Na und?«
Er findet, daß er wieder einmal alles blendend gemacht hat. Für die Flitterwochen hat er genau drei Wochen angesetzt. Folglich können sie, wenn sie zurückkommen, sofort in ihr Haus einziehen.

»Die Möbelleute haben mir versichert, daß das ganze Zeug an einem Tag aufgestellt werden kann. Na, Mädchen, ist das nicht großartig?«
»Du meinst, daß ich das großartig finden soll?«
»Begreifst du denn nicht, Klara? Das bedeutet, daß wir zum vorgesehenen Termin heiraten können! Am Donnerstag ist Hochzeit!«
Sie begreift es zwar, doch ziemlich langsam. »Am Donnerstag. Da haben wir ja noch zwei Tage Zeit.«
»Es gibt nur ein einziges Problem«, beruhigt er sie. »Wir müßten eigentlich Einladungen rausschikken. An die Hochzeitsgäste. Dafür ist es jetzt zu spät. Wir müssen das alles telefonisch machen. Aber das wird schon gehen. Du hast doch aufgeschrieben, wen wir einladen wollen?«
»Ja, mein Vater denkt an etwa zwanzig bis fünfundzwanzig Leute.«
»Also rechnen wir vorsichtshalber mit vierzig. Im Gildehaus sagen die mir, auf zwei, drei Leute kommt es nicht an, aber die ungefähre Zahl müssen sie schon wissen.«
»Mein Vater sagt, höchstens fünfundzwanzig!« beharrt Klara. »Er muß es bezahlen, und wer zahlt, schafft auch an.«
»Okay«, lenkt er ein. »Die Differenz übernehme dann ich.« Er sieht auf die Uhr. »Komm, Schätzchen, wir müssen uns beeilen!«
»Wohin?«
»Ins Gildehaus. Ich möchte, daß du dabei bist, wenn ich mit denen alles bespreche.«

Der Geschäftsführer des Gildehauses erwartet die beiden schon. Er hat bereits mehrere Menüvorschläge ausgearbeitet, die er ihnen jetzt vorlegt. Siggi gibt sich bescheiden. Er ist mit dem zweitteuersten einverstanden. Anschließend besichtigen sie den kleinen Saal. Reden über die Anordnung der Tische.

»Ach, bitte nicht dieses übliche Hotelsilber! Legen Sie ordentliches Besteck auf!«

»Gerne, Herr Stuckwitz.«

»Und Tafelschmuck. Silberleuchter für die Kerzen, bitte.«

»Gewiß, Herr Stuckwitz.«

»Und auf jedem Tisch zwei Blumenarrangements.«

»Wie Sie wünschen, Herr Stuckwitz.«

»Was machen wir mit der Musik? Wir wollen ja auch tanzen.«

»Selbstverständlich, Herr Stuckwitz. Wir haben einen recht guten Pianisten unter Vertrag, der gerne zu Ihrer Hochzeit aufspielen wird.«

»Nein, nein, nein, damit läßt sich kein Staat machen. Ich brauche eine Band, eine richtige Band!«

»Wie Sie meinen, Herr Stuckwitz. Aber in Reichenberg ist das schwer zu machen. Wir müßten eine Kapelle von außerhalb verpflichten.«

»Können die Leute was? Ich lege großen Wert auf Vielseitigkeit.«

»Aber sicher, Herr Stuckwitz.«

»Gut. Ab 14 Uhr Tafelmusik, von 17 bis 20 Uhr Tanzmusik, danach Beat.«
»Alles klar, Herr Stuckwitz.«
Klara betrachtet den Aktivismus ihres Liebsten mit wachsendem Staunen. Und eine Weile lang hält sie seinen theatralischen Tatendrang sogar für ein Zeichen von Tüchtigkeit.

»Was sagst du da?« brüllt Otwin Ehrlich ins Telefon. »Das ist nicht wahr! Das *kann* einfach nicht wahr sein!«
»O doch«, erwidert Heinrich Oppen, der, vor sich eine Tasse Kaffee, einen Berliner schmatzend, behaglich in seinem Schreibtischsessel sitzt, »es ist ganz erheblich wahr! Ich weiß es von meinem Amtskollegen in Marl.« Treuherzig fügt er hinzu: »Ich wollte es dir eigentlich schon gestern sagen. Aber ich habe es einfach nicht geschafft. Ich komme nachgerade um vor lauter Arbeit, das kannst du mir glauben!«
»Was ich dir glaube, bestimme *ich*!« staucht Otwin seinen Bruder zusammen und schmeißt den Hörer auf die Gabel. Einen Augenblick sitzt er wie versteinert. Ihm ist buchstäblich der Schreck in die Glieder gefahren.
Das Telefon läutet. Er nimmt nicht ab. Das Telefon läutet wieder. Er schreit seiner Sekretärin zu, daß er nicht zu sprechen sei. Holt ein Gummibärchen aus der Tasche. Kaut darauf herum. Versinkt in Nachdenken.

Dann steht er auf, zieht sich sein Jackett an und läßt Frau Stern zu sich bitten.
Er fühlt sich zwar wie eine Zeitbombe kurz vor der Detonation, aber er nimmt sich mit mannhafter Entschiedenheit vor, Ruhe zu bewahren.
»Bitte, nehmen Sie Platz!« sagt er höflich, als Regina eintritt. »Und machen Sie es sich so bequem wie möglich!«
»Liegt was Besonderes an?« fragt sie unheilwitternd.
»Ich fürchte, es wird Ihnen nicht gefallen, was ich Ihnen sagen muß.«
»Ich bin auf alles gefaßt.« Regina, die sonst so stolze Frau, wirkt niedergeschlagen, fahrig, sie weicht Ehrlichs Blick aus, nervös verkrallen sich ihre Finger ineinander.
Er nimmt hinter seinem Schreibtisch Platz. »Wissen Sie, was ich eben über Ihren Galan, diesen Frank Norman, erfahren habe?«
»Nein, ich weiß es nicht.«
»Er ist eine miese Laus! Eine Laus, die sich uns in den Pelz gesetzt hat! Mein Bruder hat mich eben informiert. Norman kommt keinesfalls aus den neuen Bundesländern! Auch sein Trabbi ist üble Tarnung, den hat er bei einem Altwagenhändler in Marl gekauft. Da stammt er nämlich her, der Herr! Er ist seit Jahren Mitarbeiter bei Grübner. Und wer der ist, wissen Sie wohl: mein stärkster Konkurrent!«
»Ach so!«

»Aha, das stört Sie gar nicht?« regt sich Ehrlich nun doch auf. »Nein, meine Liebe, mit einem simplen ›Ach so‹ ist das nicht abgetan! Man hat mich vor Grübner gewarnt. Der neigt zu rigorosen Geschäftspraktiken! Es ist zu befürchten, daß er uns Frank Norman als Werkspion ins Haus lanciert hat!«

»Nein, das fürchte ich nicht«, erwidert sie leise.

»Waas?!«

»Ich *weiß* es.«

Er horcht auf, wirft ihr einen verwirrten Blick zu. »Sie wissen es? Verdammt, das kann ich mir eigentlich nicht vorstellen! *Sie wissen das?!* Er hat Sie ins Vertrauen gezogen? Er hat Sie zu seiner Komplizin gemacht? Regina!«

Deprimiert schüttelt sie den Kopf. Sie sitzt zusammengesackt auf ihrem Stuhl, Tränen treten ihr in die Augen, die schöne Frau wirkt wie ein jämmerliches Häufchen Unglück.

Er reicht ihr ein Papiertaschentuch über den Tisch, läßt ihr Zeit zur Antwort.

»Nein, ich bin nicht seine Komplizin. Er hat mich genauso betrogen wie Sie und die Firma.« Sie stockt ein bißchen, putzt sich die Nase. Es hilft nichts, die Tränen fließen weiter. »Trotzdem bin ich an allem schuld!«

Er schaut sie an. Gibt ihr noch ein Taschentuch. Irgendwie hat er Mitleid mit ihr. Er drängt sie nicht, er wartet geduldig, bis sie von selbst weiterredet.

»Es ist noch schlimmer, als Sie vermuten!« sprudelt es plötzlich aus ihr heraus. »Und ich hätte es wissen müssen! Ich hätte es merken müssen! Aber ich war wie verrannt! Verstehen Sie doch, Herr Ehrlich, die Zeit mit Frank war so wunderschön, wir haben uns geliebt, wir sind voll aufeinander abgefahren, wir haben Zukunftspläne geschmiedet, es war wie ein Rausch!« Sie macht eine kleine Pause, versucht, ihrer Tränen Herr zu werden. Es gelingt nicht. »Sie können sich ja wohl vorstellen, wie ich mich heute fühle!« schluchzt sie.
»*Was* hätten Sie wissen müssen?« fragt er vorsichtig. »*Woran* hätten Sie *was* merken sollen?«
»Na ja, beim erstenmal hätte ich mir schon Gedanken machen müssen, als uns die Zigaretten ausgegangen sind. Da dachte ich, in seiner Jackentasche sind vielleicht welche. Es waren keine drin. Aber 'ne Kleinbildkamera. Na, ich hab' das einfach nur so zur Kenntnis genommen, hab' mir nichts dabei gedacht. Aber dann, als ich das Stanniolpapier zwischen meinen Entwürfen gesehen habe, hätte mir doch ein Licht aufgehen müssen! Wissen Sie, die Folie von so 'nem Filmpack.«
»Zwischen Ihren Entwürfen? Für die neue Kollektion etwa?«
»Ja, eben! Aber ich Trottel hab' wieder nichts geschnallt! Jedenfalls nicht gleich. Dabei ist's doch ganz offensichtlich: Frank hat mir nur Liebe vorgespielt, um ungestört meine Entwürfe fotografieren zu können!«

»Großer Gott!« stöhnt Ehrlich. Und noch mal: »Großer Gott!« Er schließt die Augen, scheint in sich selbst hineinzublicken. »Sie haben recht, Regina, es ist schlimmer, als ich befürchtet habe. Was hat er denn nun alles fotografiert?«

Sie zuckt hilflos die Schultern. »Er hatte zu allem Zugang.«

»Das ist eine Katastrophe!« Jetzt ist es mit seiner Selbstbeherrschung vorbei. »Wissen Sie überhaupt, was Sie mir da eingebrockt haben?! Der Grübner stiehlt mir die Absatzmärkte. Mit meinen eigenen Modellen! Die Firma ist ruiniert!« Er steht auf, schiebt die Hände tief in die Hosentaschen, geht verbittert auf und ab. »Was ich in mühevoller Arbeit aufgebaut habe, machen Sie kaputt! In ein paar nutzlosen Nächten!«

»Ich ziehe natürlich die Konsequenzen«, sagt sie kleinlaut.

»*Was* wollen Sie?«

»Ich werde gehen.«

»So einfach stellen Sie sich das vor, ja?« Wütend bleibt er vor ihr stehen. »Sie tunken mich und meine Firma in die Tinte, und dann hauen Sie ab.«

»Soll ich mich umbringen, oder was?« faucht sie dagegen. »Ich kann's doch auch nicht mehr ändern.«

Da beugt er sich zu ihr hinab. »Ich habe Ihnen immer gesagt, der Kerl ist ein Idiot. Und was machen Sie? Sie gehen mit ihm ins Bett!«

Kaum hat er's gesagt, kaum sieht er, wie verzweifelt sie versucht, Fassung zu wahren, tut's ihm auch schon wieder leid. Er öffnet die Schreibtischschublade, nimmt eine ganze Packung Papiertaschentücher heraus, gibt sie ihr.
Dabei weint sie jetzt gar nicht mehr.
Es sind viele Gedanken, die ihm gleichzeitig durch den Kopf schießen. Einer davon ist der, daß es kaum eine Situation im Leben gibt, der man nicht auch einen positiven Aspekt abgewinnen kann.
»Entschuldigen Sie meine Grobheit, Regina! Mein Gott, Sie haben ja mindestens so 'ne große Enttäuschung erlebt wie ich.« Er setzt sich wieder. »Was ich sagen wollte, ist doch eigentlich leicht zu verstehen: Der Schlamassel ist da, ich muß versuchen, den Schaden in Grenzen zu halten, und dafür brauche ich Sie, Regina. Ganz einfach.«
Sie vergißt nun auch, daß sie nicht mehr weint, nimmt ein Taschentuch aus der Packung, zupft fahrig daran herum. »Natürlich... ich würde schon... aber was soll ich denn... ich kann doch nicht...«
Er gefällt sich in der Rolle des verständnisvollen Chefs. So, denkt er sich, jetzt werde ich sie mit Großzügigkeit faszinieren. Er steht auf, tritt zu ihr, legt beide Hände auf ihre Stuhllehne.
»Es war ein schwerer Tag für Sie, Regina«, sagt er einfühlsam. »Wir müssen jetzt was tun, damit Sie seelisch wieder auf die Beine kommen!« Er streicht ihr, fast an seiner eigenen Güte erstickend,

vorsichtig über die Schulter. »Ich sehe doch, Sie machen sich einen Haufen Selbstvorwürfe. Aber das hilft nicht weiter. Wir sind beide auf denselben Galgenstrick reingefallen, aber als Ihr Chef trage ich ja auch ein bißchen Verantwortung für Sie, nicht wahr?«
Sie wendet sich erstaunt zu ihm um.
Er nickt ihr aufmunternd zu. »Denken Sie mal 'ne Weile nicht an die Sache! Sie müssen erst mal mit sich selbst ins Reine kommen. Fahren Sie nach Hause und ...« Er tut so, als käme er in diesem Moment auf den Gedanken. »Oder besser noch: *Ich* fahre Sie nach Hause. Mir ist nämlich gerade eingefallen, ich habe noch eine gute Flasche Chablis im Wagen. Der wird uns helfen, auf andere Gedanken zu kommen.«
Sie erhebt sich, wendet sich ihm zu. Sie stehen jetzt ganz dicht beieinander. »Das ist lieb von Ihnen, Herr Ehrlich«, sagt sie. »Sehr lieb!«
»Sagen Sie doch nicht immer ›Herr Ehrlich‹ zu mir«, gurrt er.
»Wie sonst? Soll ich etwa ›Otwin‹ sagen?«
»Ich sage ja auch ›Regina‹.«
Sie lächelt zaghaft. »Also gut, Otwin. Das ist ein netter Vorschlag. Und Chablis trinke ich für mein Leben gern. Aber bitte ein andermal! Nicht heute. Sie haben's ja selbst gesagt: Ich muß erst mal mit mir ins Reine kommen.«
»Natürlich, das verstehe ich.«
Eigentlich würde er sie jetzt gerne küssen. Doch sie

kommt ihm zuvor. Allerdings ist es nur ein zarter Dankeschönkuß auf die Wange, aber immerhin. Otwin Ehrlich ist zufrieden. Der erste Schritt zur Eroberung der Feste Regina ist gemacht.

Die kleine Klara sieht hinreißend aus. Sie war heute nachmittag beim Friseur, der ihre Haare ganz entzückend gestylt hat. Jetzt steht sie, zusammen mit ihrer Großmutter, in vollem Hochzeitsornat vor dem großen Wandspiegel. Sie trägt das vor ein paar Tagen gekaufte Brautkleid, hat ihren Schmuck angelegt und auch schon mal das Fest-Makeup aufgetragen. Morgen ist ihr ›großer Tag‹, heute soll alles noch einmal überprüft und begutachtet werden.

Frederike Oppen zupft die Schulterpassage des Kleides ein bißchen zurecht. Es ist ein anthrazitgraues Organzakleid mit sehr duftigem Oberteil. Sie schaut in den Spiegel. Ist offenbar zufrieden.

»Wirklich, Kind, du siehst sehr, sehr hübsch aus. Ich finde es auch ganz in Ordnung, daß du nicht in Weiß heiraten willst.«

»Aber?«

»Na, ich weiß nicht recht, das Kleid ist wunderhübsch, aber fast schwarz. Das erinnert mich so an Trauer.«

Klara findet das nicht so tragisch. »Es ist doch der helle Wahnsinn«, sagt sie, »einen Haufen Geld für ein Kleid auszugeben, das man aller Wahrscheinlichkeit nach nur ein einziges Mal im Leben trägt.«

»Hoffentlich«, nickt Frau Oppen.
»Was sagst du, Oma?«
»Na ja, ich hoffe eben, daß du es nur einmal im Leben brauchst.«
Klara bekommt ein nachdenkliches Gesicht. »Ja, das hoffe ich auch.«
Frau Oppen spürt, was Klara denkt. Sie geht um sie herum, schaut ihr in die Augen. »Und nun will ich dir mal etwas sagen, woran du immer denken mußt: Einen Mann kriegst du *immer* dahin, wohin du ihn haben willst. Manchmal mußt du es nur ein bißchen schlau anstellen.«
Klara lacht. Aber nicht sehr überzeugt.
»Und jetzt mach dir keine Gedanken, Kindchen! Es ist ganz natürlich, daß man vor der Hochzeit noch mal alles in Frage stellt.«
Klara blickt gedankenverloren vor sich hin. »Ach, Oma, manchmal habe ich das Gefühl, wir kennen uns noch gar nicht so richtig.«
»Ja, weißt du, wie das früher war?«
»Früher?«
»Ich meine ganz früher. Da haben die Eltern die jungen Leute verheiratet. Und da waren die Ehen meistens besser. Sie haben auch länger gehalten. Man hat ganz wenig erwartet, man hat sich schön langsam aneinander gewöhnt, und eines Tages – früher oder später – konnte man nicht mehr ohne einander sein. Ja, manchmal ist es sogar gelungen, daß man einander liebgewonnen hat.«

»Also, das wäre mir viel zu viel Resignation – gleich am Anfang.«
»Das ist keine Resignation, mein Kind, das ist Hoffnung! Hoffnung darauf, daß irgendwann mal etwas daraus wird. Natürlich nur, wenn man den guten Willen hat.«
Klara ist sich ziemlich sicher, daß sie den guten Willen hat.
»Ziemlich?«
»Na ja, Oma, ich frage mich eben, ob der gute Wille wirklich ausreicht.«

Der Abend ist hereingebrochen, es ist längst dunkel, als Regina Stern nach Hause fährt. Je mehr sie sich ihrem Heim nähert, desto wehmütiger wird sie. Jetzt ist eben alles vorbei! Dort ist kein Frank, der auf sie wartet und sie liebevoll in die Arme schließt. Nichts! Öde! Allein! Aus der Traum!
Merkwürdig! denkt sie, als sie sich dem Haus nähert und im Scheinwerferlicht einen Schatten zu erkennen glaubt, da ist doch jemand!
Tatsächlich! Neben der Haustür steht, die Hände tief in den Taschen seines Anoraks vergraben, Heinrich Oppen und wartet.
Sie hält an, steigt aus. »Nanu, Herr Bürgermeister?«
Er behauptet, wenig glaubhaft, daß ihn der Zufall vorbeigeführt habe, und – na ja, er wollte sich dann auch mal erkundigen, wie es ihr so geht.
Mit Regina ist nicht gut zu sprechen. »Aha«, ant-

wortet sie aggressiv, »hat sich's herumgesprochen oder kam's schon im Radio?«
Er kann sehr gut verstehen, daß sie mieser Stimmung ist, deswegen ist er ja gekommen. »Ich habe mir gedacht, Sie könnten jetzt vielleicht jemanden gebrauchen, mit dem Sie reden können.«
Sie hält es für eine barmherzige Lüge. »Vielleicht haben Sie sich ja auch gedacht, da will ich doch mal sehen, wie diese blöde Pute leidet! Ist ja selbst dran schuld.«
Jetzt tut sie ihm wirklich unrecht. Er ist nicht gekommen, um sich an ihrem Unglück zu weiden, sondern im Gegenteil, um ihr zur Seite zu stehen. »Verstehen Sie denn nicht, Regina: Ich komme als Freund! Sagen Sie mir, was ich für Sie tun kann!«
»Sie können gar nichts tun, Herr Oppen! Ich hab' mir das selbst eingebrockt, und nun muß ich auch allein damit fertigwerden.«
Oppen merkt, wie gereizt sie ist. Jetzt bloß kein falsches Wort! Noch einmal beteuert er, daß er ihr nur helfen wolle, daß er als Freund gekommen sei, mit dem man ohne Scheu über alles reden könne.
»Begreifen Sie denn nicht? Für mich wird alles nur noch schlimmer, je länger man darüber redet!«
»Auch gut!« ruft er. »Dann reden wir eben über ganz andere Dinge. Ich versprech's.« Und im

gleichen Atemzug fügt er hinzu: »Da fällt mir ein: Darf ich Sie zum Essen einladen?«
Sie überlegt einen Moment. Aber nur ganz kurz. »Vielen Dank«, lehnt sie dann ab, »aber ich möchte lieber allein sein.«
»Allein? Wollen Sie das wirklich? Das glauben Sie doch selbst nicht! Allein in diesem Haus? Bis Ihnen die Decke auf den Kopf fällt? Sie können doch an nichts anderes denken als an diesen ...« Er spricht den Namen nicht aus. Dann hebt er neu an: »Außerdem täten Sie mir einen riesigen Gefallen.«
»Ich Ihnen?«
»Schauen Sie, man erwartet mich im Gildehaus. Meine Tochter feiert morgen dort ihre Hochzeit, und als Vater muß ich mich ja ein bißchen kümmern. Um das Festessen und alles, und so weiter. Da wäre es mir natürlich viel lieber, wenn ich Begleitung hätte – jemanden, den ich auch mal um Rat fragen kann. Ich bin in solchen Dingen ja so hilflos!«
Mißtrauisch schaut sie ihn an. Sie merkt sehr wohl, daß das nur ein Vorwand ist.
»Sie werden mir doch die kleine Bitte nicht abschlagen?« fragt er blauäugig.
Nun muß sie doch lachen. »Also steigen Sie ein«, sagt sie und öffnet die Wagentür. »Wir fahren zum Gildehaus.«

Dort empfängt man sie mit großer Höflichkeit. Der Oberkellner begleitet sie zu einem hübsch einge-

deckten Fenstertisch, zündet eine Kerze an und entfernt dezent das Reserviert-Schild. ›Herr Oppen, zwei Personen‹ steht darauf.
Regina hat es aber doch gesehen. »Oh, Sie haben den Tisch vorbestellt?« wundert sie sich.
»Na ja, es war nur so 'ne Idee.« Er schiebt ihr den Stuhl zurecht, setzt sich ihr gegenüber und bestellt den Haus-Aperitif.
»Ein traditionsreiches Lokal«, beginnt er eine gedankenreiche Konversation, »hier haben wir seinerzeit schon meine Taufe gefeiert, natürlich auch meine Konfirmation – und das Abitur.«
Ehe er zu seiner ersten Verlobungsfeier kommt, schlängelt sich behende der Geschäftsführer heran.
»Einen schönen guten Abend, Herr Bürgermeister.«
»Guten Abend. Darf ich vorstellen: Herr Dengler, der Geschäftsführer des Hauses – Frau Regina Stern, eine gute Freundin von mir.«
»Sehr angenehm! Darf ich?«
»Aber bitte doch. Nehmen Sie Platz!«
»Man soll ja nicht im vorhinein gratulieren, aber ich darf doch sagen, daß ich mich sehr freue, daß Ihr Fräulein Tochter ...« Er riskiert ein Witzchen: »... bald Ihre *Frau* Tochter sein wird.«
»Danke.«
Herr Dengler beteuert mit schlanken Worten, daß es ihm und dem Gildehaus zu hoher Ehre gereiche, wenn der Herr Bürgermeister seine Familien-

feierlichkeiten im Gildehaus begehe, daß er das seine dazu beitragen werde, der Festlichkeit einen glanzvollen Rahmen zu verleihen – und was ein Geschäftsführer seiner Bandbreite sonst noch an Sprüchen abläßt. Der Ober bringt mit den Aperitifs die Speisekarten, Herr Dengler nimmt sie entgegen und legt sie mit der Bedachtsamkeit eines Priesters, der die Heilige Schrift öffnet, auf den Tisch. Die Herrschaften mögen sich – und bitte ohne Rücksicht auf die bewußte rechte Spalte! – etwas besonders Schönes aussuchen, das Haus erlaube sich...

Das hätte Heinrich Oppen eigentlich schon mißtrauisch machen müssen.

Er wird aber erst stutzig, als ihm Herr Dengler die Programmplanung und Menüfolge für Klaras Hochzeitsfeier vorlegt. »Ihr künftiger Herr Schwiegersohn hat bereits alles ganz ideal geregelt«, bemüht sich Dengler, den Prozeß abzukürzen. »Wir haben den Ablauf bis ins kleinste Detail durchgesprochen.«

»Wissen Sie, was meine Großmutter immer gesagt hat?« fragt Oppen. »Nur nichts überstürzen! Nächste Woche ist auch noch ein Tag.«

Er rückt die Brille zurecht. Schaut von einem Blatt auf das andere. Und dann zum Geschäftsführer. Sprachloses Entsetzen liegt in seinem Blick. »Ein Menü für *dreiundvierzig* Gäste?! Da kann ich ja gleich die ganze Stadt einladen!«

»Ihr Herr Schwiegersohn meint, es könnten am

Ende auch drei oder vier mehr kommen, aber das läßt sich dann schon einrichten.«
Oppen hat Mühe, den vor Entsetzen geöffneten Mund zu schließen. »Und pro Menü einhundertachtundvierzig Mark? Das sind ja ...« Oppen war im Kopfrechnen immer schwach; er kommt auf überschlägig sechstausend Mark. »Ja, haben Sie noch alle Saiten auf der Zither?«
Da sieht sich Herr Dengler in seiner Gastwirtsehre getroffen. Sein Restaurant stehe, wie auch mehrfach in der nicht nur lokalen Presse erwähnt, in dem Ruf, eine jedem internationalen Vergleich standhaltende Qualität zu angemessenen Preisen zu bieten, sagt er, und im vorliegendem Falle handele es schließlich um ein Festmenü, Herr Bürgermeister, und nicht einmal um das teuerste!
Mit verzeihungheischendem Lächeln wendet sich Oppen an Regina: »Entschuldigen Sie, liebste Regina, das ist mir Ihnen gegenüber jetzt fast peinlich. Aber ich muß das besprechen, schließlich soll ich für die Kosten aufkommen.«
Regina hat volles Verständnis. Und etwas hat er ja damit schon geschafft: Er hat sie auf andere Gedanken gebracht.
Oppen schaut sich die Speisenfolge etwas näher an.
»Also«, sagt er dann mit bürgermeisterlicher Strenge, »es gibt einen normalen Vorspeisenteller, Hummer, Langustenschwänze und Kaviar fallen weg. Das Zwischengericht nach der Suppe ...« Er

liest: »›Champagnersorbet mit frischen Walderdbeeren‹, das wird ersatzlos gestrichen. Am Schluß gibt es statt des ›Dessert surprise à la reine‹ ein gemischtes Eis, statt Champagner Sekt und statt der Trockenbeerenauslese eine preiswerte Spätlese. Ist das klar?«

»Was die Getränke angeht, schon. Aber die Speisen sind bereits eingekauft.«

»Na und?«

»Aber Herr Bürgermeister, wo käme ich denn hin, wenn ich den Hummer etwa tiefgefrieren wollte ...«

Oppen schüttelt fassungslos den Kopf. Doch nun vergißt er über dem nächsten Ärger den ersten: »Eine Acht-Mann-Kapelle! Ja, sind Sie noch zu retten, Herr Dengler?«

Der murmelt hilflos: »Ich hatte ja unseren Stammpianisten in Vorschlag gebracht, aber der junge Herr Stuckwitz hat, was die Musik betrifft... wie soll ich mich ausdrücken... einen gewissen Höhenflug.«

»Dem werde ich die Flügel schon stuckwitzen!« Oppen klopft auf den Tisch. »Also: Das Symphonieorchester ist gestrichen, der Stammpianist kommt her!«

»Oh, das wird schwierig!«

»Schwierig?«

»Ich meine vielmehr: Das geht nicht. Ich kann die Kapelle nicht mehr erreichen. Die Musiker haben heute ein Engagement in Amsterdam, in der

Nacht liegen sie auf der Landstraße, morgen sind sie hier. Selbst wenn ich wollte, könnte ich nicht mehr absagen.«

Oppen stöhnt herzerweichend. »Na ja, zum Glück hat meine Tochter einen reichen Patenonkel«, beruhigt er sich dann ein bißchen. »Der hat zugesagt, die Hälfte der Kosten zu übernehmen.«

Herr Dengler nimmt auf seinem Stuhl stramme Haltung an. »Wäre das dann alles, Herr Bürgermeister?«

»Na, sagen Sie bloß, das ist noch nicht genug!«

Herr Dengler erhebt sich. Der Ober tritt an den Tisch.

»Haben die Herrschaften schon gewählt?«

»Nicht nötig, Herr Ober. Bringen Sie uns einfach das Teuerste!«

Es erweist sich, daß die von Herrn Dengler zitierte, nicht nur lokale Presse durchaus recht hat: Die Qualität des Gebotenen ist hervorragend. Oppen ißt mit großem Appetit, und seine Verärgerung mildert sich von Gang zu Gang.

Regina hingegen wird von Gang zu Gang schwermütiger. Das Schweigen während des Essens lenkt sie zu ihren eigenen Sorgen zurück.

Als das ›Dessert surprise à la reine‹ auf dem Tisch steht, bemüht sich Oppen, sie ein wenig aufzuheitern. Er probiert es mit Witzen, erzählt den von dem Salzburger Tenor, der keine Mozartkugeln kennt, den von den Negern, die sich im Tunnel die

Köpfe einrennen, und jenen von den Möwen, die rücklings über Ostfriesland fliegen.
Regina macht nicht einmal den Versuch zu lachen.
»Sie finden das nicht komisch?« fragt er.
Sie stochert in dem Dessert herum. »Es tut mir leid. Ich glaube, heute finde ich gar nichts komisch.«
Er greift nach ihrer Hand. »Regina, Sie sind eine ganz liebenswerte Frau!« Und mit Nachdruck, als sei er fest von dem überzeugt, was er sagt, fährt er fort: »Ich kann es überhaupt nicht verstehen, wie ein Mann eine Frau wie Sie so mir nichts, dir nichts verlassen kann.«
»Vielleicht, weil er ein bißchen dumm ist.«
Ungeniert macht Oppen aus seinem Herzen eine Mördergrube: »Oh, das würde ich nicht sagen. Als Cowboy zum Beispiel war er spitze.«
Regina weiß nicht recht, ob sie ihm glauben soll.
»Na, dann sehen Sie sich mal diesen Brief an!«
Sie reicht Oppen jenes Schreiben, das er ja selbst dem ›Cowboy‹ diktiert hat.
Oppen liest die Zeilen mit andächtiger Stimme halblaut vor: »Geliebte Regina! Die Stunde der Wahrheit ist gekommen. Ich habe Frau und Kind zu Hause. Uns bleibt keine Zukunft. Verzeih mir! In herzlicher Verbundenheit, dein Frank.« Oppen schaut auf, tut entsetzt. »Frau und Kind! Na, so was!«
Aber da gibt's etwas, das Regina noch weitaus

mehr aufzubringen scheint: »Es ist der pure Kitsch!«

»Wieso denn?« verteidigt Oppen sein eigenes Oeuvre. »Also hören Sie, der Brief ist sehr ehrlich, sehr gefühlvoll.«

»Der Brief ist geschmacklos, kitschig, dumm und feige!« entscheidet sie gnadenlos.

»Aber was soll man schon schreiben, wenn man in einer solchen Situation ist. Also, ich finde den Brief völlig in Ordnung... stilistisch... geschmacklich...«

Sie sieht ihn ungläubig an. »Das läßt ja tief blikken.«

Oppen ist tapfer bestrebt, seine Ernüchterung zu überspielen: »Na ja, wenn Sie in der Situation gewesen wären, was hätten Sie denn zum Beispiel geschrieben? Das ist doch gar nicht so einfach!«

»Warum schreibt er nicht einfach: ›Liebe Regina, ich bin verheiratet, ich gehe, es war sehr schön, Frank.‹?«

Oppen ist beeindruckt. »Aha. Das hätten Sie geschrieben?«

»Ja.«

Mühevoll steckt er die Lektion weg. »Ja, natürlich. So hätte ich das wohl auch formuliert. So oder so ähnlich.« Mehr zu seiner eigenen Rechtfertigung fügt er murmelnd hinzu: »Aber man kommt manchmal gar nicht dazu, die Dinge so auszudrücken, wie man sie innerlich empfindet...«

»Wie bitte?«

Er merkt, daß er sich verhaspelt hat. »Trinken wir noch einen Wein?«
Sie möchte eigentlich nicht, aber dann bestellen sie doch eine Flasche.
Und darauf noch eine.
Und als die leer ist, eine Taxe.

Als der Wagen vor Reginas Haus hält, steckt Oppen dem Fahrer heimlich Geld zu, steigt aus und hilft ihr galant beim Herausklettern. Regina hat einen kleinen Schwips. Verwundert sieht sie, wie der Wagen fortfährt.
»Warum schicken Sie denn das Taxi weg?«
»Sie wissen ja, was meine Großmutter immer gesagt hat: ›Nur nichts überstürzen! Nächste Woche ist auch noch ein Tag.‹«
Sie guckt ihn verwundert an. »Oho!«
»Aber wirklich! Ich kann Sie doch jetzt nicht allein lassen, Regina!«
»Können Sie nicht?« Sie tippt ihm mit dem Zeigefinger auf die Nasenspitze. »Können Sie doch! Machen Sie sich keine Sorgen um mich.«
»Oh, es sind weniger die Sorgen, Regina, es ist mehr die Hoffnung.«
»Herr Bürgermeister!« rügt sie ihn lächelnd. »Sie haben den richtigen Gedanken im falschen Moment.«
Er zuckt die Achseln. »Offen gestanden habe ich diesen Gedanken in jedem Moment.«
Schweigend stehen sie sich gegenüber. Sie kramt

nach ihrem Hausschlüssel. Er fällt ihr aus der Hand. Oppen hebt ihn auf. Und wieder stehen sie sich schweigend gegenüber.
»Vielleicht ein anderes Mal«, haucht sie schließlich und gibt ihm die Hand.
»Ach«, fällt ihm plötzlich ein, »das hätte ich ja fast vergessen!« Er holt etwas aus der Innentasche seines Anoraks und gibt es ihr. »Ich habe mir gedacht, Sie freuen sich vielleicht darüber. So 'ne Art Geschenk.«
Es ist eine Versandtasche der Firma Foto-Kramer. Regina weiß nicht recht, was sie damit anfangen soll. Langsam öffnet sie den Umschlag, betrachtet seinen Inhalt im Schein der Straßenlaterne. »Aber das ist doch ...« stammelt sie.
»Es sind die Fotos von Ihren Modell-Entwürfen, habe ich recht?«
»Woher haben Sie die?«
»Das war nicht schwer«, sagt er mit verschmitzter Bescheidenheit, »ich habe Ihren verwegenen Cowboy dazu überreden können, mir die Bilder hierzulassen, bevor er zu seiner Familie zurückgekehrt ist.«
Sie kann es immer noch nicht ganz begreifen.
»Die Negative sind übrigens dabei«, versichert er.
Langsam, ganz langsam wird Regina bewußt, welch riesige Last ihr dadurch vom Herzen genommen ist. Sie atmet durch. Einmal, zweimal, ganz tief. Sie breitet die Arme aus und fällt ihm strahlend, erlöst und glücklich um den Hals.

Ehe er sie küssen kann, macht sie sich wieder frei. Sie nimmt den Schlüssel, öffnet die Tür. »Kommen Sie!« sagt sie und läßt ihn eintreten.

In der Villa Oppen herrscht Hochbetrieb. Frau Frederike ist seit vier Stunden auf den Beinen, Klara seit dreieinhalb. Siggi ist vor einer Viertelstunde eingetroffen. Alle in Aufregung, alle in Festkleidung.

Heute ist Hochzeitstag, es steht sogar in der Zeitung. Frau Frederike hat es übrigens durchgesetzt, daß am Sonntag darauf doch noch kirchlich geheiratet werden soll. Klara hat seufzend, Siggi schmollend eingewilligt. In die Flitterwochen geht es dann am Montag.

Es ist zehn Uhr vormittags. Um elf Uhr dreißig soll die standesamtliche Trauung stattfinden, danach traditionsgemäß die kleine Rundfahrt durch Reichenberg, dreizehn Uhr dreißig dann das Treffen mit den Hochzeitsgästen im Gildehaus, ein Begrüßungsschluck für alle, kurze Ansprache des Brautvaters und ab 14 Uhr das Festmahl.

Aber wo ist der Brautvater?

Keiner hat ihn gesehen, man hat ihn bisher auch noch nicht vermißt, dabei müßte er doch längst ...

»Hinner, wo steckst du?«

»Nun komm doch endlich, Paps!«

»Du mußt auch noch frühstücken!«

»Mach keine Sachen, wir warten auf dich!«

Keine Antwort.

Frederike sieht in seinem Schlafzimmer nach, Klara im Bad, Siggi im Garten.
»Das ist doch verrückt! Sollte er etwa ins Amt gegangen sein?«
»Aber doch nicht heute.«
»Ich kann ja mal anrufen.«
»Vielleicht ist er auch im Keller? Ich werde schnell nachsehen.«
»Quatsch! Was soll er denn im Keller?«
»Ich kann den Kaffee nicht weiter warmhalten.«
»Das ist wieder mal typisch! Wenn man ihn braucht, ist er nicht da.«
»Sein Fahrrad steht auch nicht im Schuppen.«
»Aber Spiegeleier mache ich ihm jetzt nicht mehr!«
»Wo kann er bloß sein?«
»Im Amt ist er nicht. Ich hab' mit Frau Lübke gesprochen. Die hat ihn seit gestern nicht gesehen.«
»Ich verstehe das gar nicht! Es geht schließlich um die Eheschließung seiner Tochter!«
»Es wird ihm doch nichts zugestoßen sein?«
Es klingelt.
Alles stürzt zur Tür.
Doch es ist nicht Heinrich Oppen, der auf der Schwelle steht, es ist Otwin Ehrlich. Er steht da, verwundert darüber, daß man verwundert ist, in seinem alten Gehrock und miserabler Stimmung.
Ohne Gruß, Verwandtschaftskuß oder auch nur Händedruck kommt er herein, lange Schritte,

vorgebeugter Oberkörper, Hände auf dem Rükken.
»Es ist nicht zu fassen! Ihr faßt es nicht! Es ist eine Katastrophe! Ich bin erledigt!«
»Nun setz dich erst mal, Otwin«, versucht seine Mutter ihn zu beruhigen, »und dann erzähle uns in aller Ruhe, was eine Katastrophe ist.«
Er setzt sich nicht. »Es ist eine Katastrophe!« wiederholt er. »Ich bin erledigt. Ich bin ruiniert!«
»Setz dich!«
Er verweigert den mütterlichen Befehl und fährt mit seinem Klagelied fort: »Stellt euch vor, der Grübner in Marl, der alte Halunke, der will in meine Märkte einbrechen, das weiß ich vom Baron Weidenbach, der hat's mir gesteckt.«
»Aber das ist doch ganz ...«
»Ruhe, laß mich ausreden! Es ist eine Katastrophe! Ich bin geliefert. Ich habe die ganze Nacht kein Auge zugetan! Jetzt hat es der Grübner tatsächlich geschafft, einen Werkspion bei mir einzuschmuggeln. Eine Katastrophe, sag ich euch, ein Desaster! Stellt euch vor, ein Werkspion, ein gemeingefährlicher Profi fertigt konspirative Fotos meiner neuen Modellreihe an!«
»Nein, so was!« schafft es Frederike Oppen, in seine Tirade einzubrechen.
»Das ist mein Untergang! Ich habe schon die neuen Maschinen bestellt, die Zuschnitte ausarbeiten lassen, die Stoffe gekauft. Alles umsonst! Ich kann einpacken.«

»Was stehst du dann hier herum«, läßt sich da eine Stimme vernehmen. »Fang an zu packen!« Heinrich Oppen steht in der offenen Tür und grinst seinen Bruder an.
Für Ehrlich ist dies nichts anderes als die erneute Bestätigung der alten Spruchweisheit, daß ein Unglück nie allein kommt. »Seht euch den an! Steht da und feixt! Ich gehe den Bach runter, und mein Bruder freut sich darüber! Da siehst du mal wieder, Mama, wer von deinen Söhnen den mieseren Charakter hat!«
»Wirklich, Heinrich«, empört sich nun auch Frau Frederike. »Ich muß mich doch stark wundern!« Und plötzlich, ihre Empörung maximierend: »Wo kommst du überhaupt her?!«
»Wen interessiert das? Ich bin da, allein das zählt!«
»*Mich* interessiert das! Ich habe wie eine Blöde nach dir gesucht!«
»Uns alle interessiert das!« assistiert Klara. »Wir haben uns Sorgen um dich gemacht, Paps!«
»Na ja«, sagt der und schließt die Tür hinter sich, »ich war noch ein Stündchen bei Regina Stern.«
»*Ein Stündchen*?!« Frederikes Ausruf klingt wie ein schriller Fanfarenstoß. »Ich war in deinem Schlafzimmer! Das Bett ist unberührt!«
»Na ja, wir hatten allerhand zu besprechen.« Er grinst wieder seinen Bruder an. Diesmal ist es ein unglaublich selbstzufriedenes Grinsen. »Es ging hauptsächlich um deinen konspirativen Profi-Werkspion.«

Ehrlich ist nahe am Platzen. »Was, zum Teufel, kümmerst du dich um meine Betriebsinterna?! Die gehen dich einen Dreck an! Kümmer dich über dich selbst!«

»*Um*!« verbessert Oppen abgeklärt. »Kümmer dich *um*. Deutsche Sprache!«

Ehrlich hat jetzt keinen Sinn für linguistische Feinheiten. »Das ist doch der Gipfel der Durchtriebenheit! Habt ihr das mitbekommen? Er mischt sich nicht nur in meine ureigensten Angelegenheiten und befeixt meine Misere – nein, er schreckt auch nicht davor zurück, sich an der Seelenqual einer mir sehr nahestehenden Mitarbeiterin zu freuen!«

»*Über* die Seelenqual«, verbessert Oppen.

Erschüttert schüttelt Ehrlich den Kopf. »Abgründe tun sich auf!«

Es ist wieder wie bei einem Ping-Pong-Spiel. Die beiden Brüder stehen an der Platte, die anderen schauen gebannt von links nach rechts.

»Spiel dich nicht auf! Eine ›dir nahestehende Mitarbeiterin‹! Da lach' ich ja!«

»Übernimm dich nicht, du Schreibstubenkapaun!«

»Reck dich nur, wenn du kannst! Aber das klappt nicht, du bist zu lahm!«

»Und du bist doch nichts als ein mieser Voyeur, der sich am Mißgeschick einer armen, verlassenen Frau weidet!«

»Halt!« verschafft sich jetzt Frau Frederike Gehör.

»Mir kommt es unwahrscheinlich vor, daß sich einer meiner Söhne eine ganze Nacht lang an weiblichem Mißgeschick weidet. Also, Hinner, was war wirklich los?«

»Ich habe sie getröstet, ich habe ihr Mut zugesprochen, ich habe ihr geholfen – und sie ist mir dankbar dafür!«

»Ha, ha!« brüllt Ehrlich.

»Jawohl, dankbar! *Sehr dankbar*!«

»Wofür wohl?«

»Das kannst du dir nicht denken? Ich habe ihr die Augen geöffnet. Über diesen Galan aus Marl.«

»*Du*?!?«

»Und dann habe ich ihr die Fotografien gegeben. Worüber sie verständlicherweise sehr glücklich war.«

»Piefkas!«

»Ja, glücklich! *Sehr glücklich*!«

»Moment mal!« schaltet sich wieder Frau Frederike ein. »Daß du imstande bist, eine Frau glücklich zu machen, nehme ich dir zur Not noch ab. Aber mit irgendwelchen Fotografien?«

»Es sind nicht irgendwelche Fotografien, Mama, es sind die Ablichtungen ihrer Modell-Entwürfe. Ich habe mir erlaubt, diese Fotos dem – wie Otwin ihn nennt – ›konspirativen Werkspion‹ abzunehmen, bevor ich ihn aus der Stadt rausgeschmissen habe.«

Wie es Ehrlichs Art ist, begreift er als erstes den negativen Nebenaspekt: »Was? Du hast ihn aus

der Stadt... Aber das war doch schon... laß mich nachrechnen... das war doch schon vor zwei Tagen!«
»Ja, ich glaube!«
Sofort braust Ehrlich wieder auf. »Und das sagst du erst jetzt? Dreimal haben wir telefoniert! Kein Wort hast du mir gesagt!«
Heinrich Oppen produziert ein verbindliches Lächeln. »Es tut mir leid, aber ich muß mich jetzt umziehen. Wir haben heute ja noch eine Hochzeit vor uns.«
Im Vorbeigehen gibt er Klara schnell noch einen Kuß – »Ich wünsche dir einen schönen Tag!« –, und weg ist er.
»Da siehst du mal wieder, Mama, was der für ein Mistkerl ist!« poltert Ehrlich weiter. »Zwei Tage lang sieht der ungerührt zu, wie ich in der Klemme sitze... wie ich leide... wie ich verzweifle...«
»Warum schimpfst du denn, Otwin?« fragt Frau Frederike. »Immerhin war es dein Bruder, der dich und deine Firma vor dem Untergang bewahrt hat!«
»Vor dem Desaster«, fügt Klara hinzu.
»Vor der Katastrophe«, ergänzt Siggi.
Die Einsicht, daß sein Bruder ihm die Existenz gerettet hat, verschafft sich in Otwins ramponiertem Gemüt nur mühevoll Raum. »Ja, ja«, gibt er zu, »das ist wohl richtig.« Doch gleich ergreift der Groll wieder von ihm Besitz: »Ach, erzählt mir nichts! Das hat der doch nur gemacht, um sich an Regina ranzuschmeißen!«

Wie recht Otwin mit seiner Vermutung hat, erfährt er eine Stunde später, als er sieht, wie Bruder Heinrich und Regina einträchtig, Hand in Hand, zum Standesamt kommen.
Die Stimmung ist sehr feierlich. Klara und Siggi sitzen in der Mitte der Stuhlreihe, Siggi ungewohnt ernsthaft, Klara, zauberhaft anzusehen, mit starrem, fast ängstlichem Blick auf den Standesbeamten, links neben ihnen Oma Frederike und Onkel Otwin, auf der anderen Seite, immer noch händchenhaltend, ihr Vater und Regina, die sich als Trauzeugin eingefunden hat.
Der Standesbeamte thront wie ein gütiger Buddha hinter seinem Tisch, schaut bedeutungsvoll auf die Brautleute und hebt mit getragener Stimme an: »Ich frage Sie, Siegfried Stuckwitz, ist es Ihr freier, ungezwungener Wille, die hier anwesende Klara Oppen zu Ihrer Ehefrau zu nehmen, so antworten Sie bitte mit ›ja‹!«
Siggi nickt höflich. »Ja.«
Herr Müller-Born, der Standesbeamte, wendet seinen Blick. »Ich frage auch Sie, Klara Oppen, ist es Ihr freier und ungezwungener Wille, den hier anwesenden Siegfried Stuckwitz zu Ihrem Ehemann zu nehmen, so antworten Sie bitte mit ›ja‹!«
Klara hat den Mund schon zur Antwort geöffnet. Aber sie schließt ihn wieder. Ihr Blick ist längst nicht mehr auf den Standesbeamten gerichtet, sie hat ihn zu Boden gesenkt.
Was ist los mit ihr?

Warum antwortet sie nicht?
Herr Müller-Born rückt irritiert die Brille zurecht.
Alle sehen gespannt zu Klara.
Es ist totenstill.
Dann räuspert sich Siggi. Gibt Klara einen kleinen Stups.
Die reagiert nur mit einem Verlegenheitslächeln.
»Klara!« flüstert Heinrich Oppen ihr zu. »Man hat dich etwas gefragt, mein Kind!«
Sie nickt, aber sie antwortet nicht.
Oppen hat jetzt Reginas Hand losgelassen. Er wendet sich dem Standesbeamten zu. »Herr Müller-Born, das ist schon in Ordnung. Meine Tochter ist wohl ein bißchen verwirrt, das kann man ja verstehen.«
Doch der Standesbeamte hebt bedauernd die Schultern.
»Ich meine«, setzt Oppen nach, »das bedeutet bei ihr soviel wie ›ja‹.«
Der Beamte ist die Güte selbst. »Es tut mir leid, Herr Bürgermeister, die entscheidende Frage muß Ihre Tochter selbst beantworten.«
»Ach, ist das so?«
»Ja. So steht es im Gesetz.«
Alles schaut wieder auf Klara.
»Schatz, was ist denn?« raunt Siggi.
»Klara, du mußt jetzt!« haucht die Oma.
Klara rührt sich nicht.
Herr Müller-Born trägt ihr mit angestrengter Geduld die entscheidende Frage ein zweites Mal vor.

Wieder dauert es eine Weile, bis sie endlich antwortet, laut und deutlich: »Nein!«
Dann springt sie auf. »Ich will das nicht! Ihr wollt das doch! Du und du und du! Aber mich fragt keiner!«
Was natürlich nicht den Tatsachen entspricht, denn gerade eben hat sie ja jemand gefragt.
Na ja, und sie hat ›nein‹ gesagt.
Ohne ein weiteres Wort rennt Klara hinaus, schlägt die Tür zu und läßt eine total verstörte, perplexe Hochzeitsgesellschaft hinter sich.
Nach einer kurzen Schrecksekunde eilt Frederike ihr nach. Dann auch Siggi.
Der Standesbeamte schließt erschöpft die Akte.
Langsam verlassen nun auch Oppen, Ehrlich und Regina den Raum.
»Eine Katastrophe!« klagt Oppen, während sie den Gang entlanggehen. »Jetzt stehen wir da! Sie kriegt ein Kind und hat keinen Mann!«
»Sie hat bestimmt ganz gute Gründe!« sagt Regina. »Es gibt Tausende alleinerziehender Mütter. Warum soll es deine Tochter nicht auch schaffen, Heinrich?«
Ehrlich überhört das vertrauliche ›Du‹. »Eigentlich kann es dir ja ganz recht sein«, meint er. »Du hast den Siggi doch nie als deinen Schwiegersohn haben wollen.«
Damit spricht er seinem Bruder aus dem Herzen.
»Einerseits bin ich auch ganz erlöst«, murmelt er.
»Und andererseits?«

Oppen bleibt stehen. »Mensch, Otwin! In einer halben Stunde versammeln sich im Gildehaus vierzig Festgäste und eine Acht-Mann-Kapelle.«
»Mußt du absagen!«
»Kann ich doch nicht mehr!«
»Dann werden wir dort eben eine Nicht-Hochzeit feiern. Mal was anderes.«
»Und was das kostet!«
»Tja, mein Lieber...« Ehrlich geht weiter. Sein Mitgefühl hält sich in Grenzen.
»Na ja«, tröstet sich Oppen, »zum Glück hast du ja versprochen, die Hälfte der Unkosten zu übernehmen.«
Ehrlich bleibt abermals stehen. Dreht sich um. »Ich habe deiner Tochter gesagt, ich werde mich finanziell an ihrer Hochzeitsfeier beteiligen, keinesfalls an einer Nicht-Hochzeitsfeier. Habe die Ehre!«
Und er geht davon, die Hände leicht schwingend, den Oberkörper hoch aufgerichtet.
Regina hakt sich bei Heinrich Oppen unter. »Laß nur, Heinrich, kommst du über den Berg, kommst du auch...« Sie stockt. »Wie sagt man?«
Er weiß es auch nicht. Er ist froh, daß er Regina bei sich hat, drückt sie fest an sich und gibt ihr einen langen Kuß. »Ach, da fällt mir was ein«, flüstert er ihr dann ins Ohr. »Jetzt sind wir schon mal hier, da können wir eine Menge Zeit sparen.«
»Wie bitte?«

»Na ja, wenn wir zurückgehen zu Herrn Müller-Born und gleich unser Aufgebot bestellen.«
Sie lächelt ihm dankbar zu. »Nur nichts überstürzen, mein Liebster. Nächste Woche ist auch noch ein Tag.«